ラルーナ文庫

桃源郷の鬼

ふゆの 仁子

三交社

CONTENTS

Illustration

小山田あみ

桃源郷の鬼

本作品はフィクションです。
実際の人物・団体・事件などにはいっさい関係ありません。

プロローグ

四歳以前の記憶が、僕にはほとんどない。

朧《おぼろ》げな記憶の中で覚えているのは、今は「渡邊灯珂《わたなべとうか》」と名乗っているが、当時は「桃華《タオファー》」という名前だったことと、屋敷の庭で出会った手負いの獣のことだ。

どこから入ってきたのかもわからない。実際には「獣」でなく「人間」だったのだろう。顎《あご》を覆い尽くす髭《ひげ》と肩までの長い髪のせいか、記憶の中で「獣」として認識されている。

なぜかはわからないが、僕は漆黒の真っ直《す》ぐな髪を腰まで伸ばし、少女の服を身に着けていた。

世話係の目から逃れ、庭に生《な》る桃の実を収穫すべく向かった場所に、「獣」は横たわっていたのだ。

最初に見えたのは汚れた大きな手だ。それから体、続けて顔が見えた。

柔らかそうな栗色の髪に、血で汚れているものの肌は象牙《ぞうげ》のように白い。

生きているのか死んでいるのかもわからない。

恐る恐る頭のほうに回り込む。そしてそっと頬《ほお》に手を伸ばした瞬間、閉じられていた瞼《まぶた》が開かれ、一方だけ色の異なる瞳《ひとみ》が露《あら》わになった。

これまで見たことのない空の色の瞳には、微《かす》かに僕の顔が映し出されている。

「你是誰《ニーシーシュイ》?」

誰《だれ》なのかと尋ねた瞬間、獣は突然起き上がった。しかし僕の腕を摑《つか》んだ直後、全身を大きく震わせて低い呻《うめ》き声を上げる。

「う……おおおお」

獣の身に何が起きているのか、僕にはわからない。ただ獣に握られた場所が熱い。掌《てのひら》の温《ぬく》もりのせいではない。もっと違う熱がそこに生まれている。

「熱い……」

逃れようと身を引こうとするが、獣は握った手を放そうとはしない。

「放開我《ファンカイウォー》」

震える声で訴えると、獣はゆっくり顔を上げる。

強く鋭い視線に、僕は体を震わせた。

怖かった。得体の知れない獣がとにかく怖かった。それでも逃げることも叶《かな》わない。

やがて獣が口を開く。

『お前はなんだ』

しゃがれた声で何か言った。でも何を言っているのか僕には理解できない。首を横に振ると、獣はもう一方の手を伸ばしてくる。咄嗟《とっさ》に逃げようと手を退《ひ》くが、獣は背中に回した僕の腕を無理やり摑んでぐっと自分に引き寄せてきた。

『少しだけでいい。こうしていてくれ……』

先ほどと同じで何を言ったのかわからなかった。それでも僕を見て一瞬笑ったのだけはわかった。だから摑まれた手でもう一度、血に汚れた獣の頬に恐る恐る触れた。獣は一瞬驚いたように目を見開いたのち、口元に笑みを浮かべた。

その刹那《せつな》、ただ怖いだけだったはずの獣が、怖くなくなった。心臓が締めつけられ、鼓動が高鳴ってくる。

摑まれた場所はいまだ熱く、急激に力が抜けていくような感覚に陥っていく。幼かった僕には、己の身の上に何が起きているのかは理解できなかった。頭がクラクラして呼吸が苦しくなってくる。

そんな僕とは逆に、獣は力を取り戻していく。

『なんだ、お前は。もう駄目だと思っていた。だがお前に触っていたら力が湧《わ》いてきた。と言っても、お前には理解できないんだろうがな』

獣の言葉を遠くに聞きながら、僕の意識はそこで途絶えている。

次に目が覚めたとき、僕は自分の部屋にいた。慌てて獣に出会った桃の木の下へ訪れても、そこには何もいなかった。

夢だったのかもしれないと思った。けれど腕に残る獣に摑まれた指の痕《あと》が、それは夢ではなかったと物語っていた。

1

船の汽笛を聞きながら、灯珂は重い足を引きずるようにして歩いていた。

重たいのは足だけではない。頭も体も何もかも重たい。手首を縛った麻縄が白い皮膚に擦《こす》れて血が滲《にじ》んでいる。身に着けている服は汚れ、ところどころ穴が開いていた。海から吹く強い風のせいで、頭を覆った布も今にも解けてしまいそうだった。

「ノロノロ歩いてるんじゃない。船が入ってきたらすぐに荷物が運び出せるように準備しておけ」

背後から浴びせかけられる罵声《ばせい》にももう慣れた。凍えるような気温の中、肌を突き刺す海風に、知らず全身が震えてしまう。

これまで灯珂の住んでいた場所から列車に乗って二時間余り、訪れたのはかつて露西亜《ロシア》に治められていた頃はダーリニーと呼ばれていた都市、大連《だいれん》だ。

街の中心となる円形の大広場の周辺には、これまで住んでいた都市にはない西洋風の荘厳な建物が並んでいる。数年前の戦争で勝利した日本は、不凍の港を持つこの街を、大陸進出の拠点にすべく積極的な開発を進めたのだ。

華やかで綺麗《きれい》で荘厳で賑《にぎ》やか。きっと初めてこの都市を見た人はその豪華さに驚き目を瞠《みは》るだろう。

でも灯珂は何も感じない。

麻縄で繋《つな》がれた他の男たちとともに港まで歩かされる間、不躾《ぶしつけ》な好奇と侮蔑《ぶべつ》の視線に晒《さら》され続けていた。誰もがかつての王朝の始まった都市から連れられてきた罪人ばかりだ。灯珂もその例に漏れず、「罪人」のレッテルを貼《は》られていた。

何が起きたのかわからない。弁明する間も与えられず、気づけば両手首を縛られ馬車に押し込まれ、この港湾都市へ向かう鉄道の貨物車に乗せられていたのだ。

役人に捕らえられたとき、助けてくれ——と自分は言っただろうか。そんなこともはっきり覚えていない。

目の前で起きている出来事が、どこか夢の中のように思えていた。今のこの人生そのものが、夢なのかもしれない。かつては夢であればいいのにと何度も思い願った。しかし夢は覚めることなく、今日まで日々が過ぎている。

灯珂は、四歳以前の記憶がない。

なぜならば、両親を何者かに惨殺される場面を見たかららしい。わけもわからないまま連れてこられた今の家で、育ての親となる人に教えられた。

『正直、迷惑なんだが、お前を育てていればいいことがあるかもしれない』

彼らは灯珂の理解できる言葉を話してくれた。が、他の人との意思の疎通ができない。だから灯珂は生きていくために、必死に言葉を覚えた。誰かに教えられるのではなく、日々の生活の中で覚えねばならないのは、簡単なことではなかった。

罵倒《ばとう》され揶揄《やゆ》され嘲笑《あざわら》われながら過ごした、今日までの十四年――自分はなんのために生きてきたのだろうかと思う。

彼らは『渡邊商店』という日本人相手の店を、かつて国の都だった街で営んでいた。灯珂を引き取った頃から数年は、かなり景気も良かったようだ。多くの現地の人間を使用人として雇っていた。

年の離れた兄と姉を含め、彼らは贅沢《ぜいたく》な生活を送っていた。

表向きは灯珂も彼らの「息子」とされていた。かろうじて食事は与えられていたが、あてがわれた部屋は倉庫に等しい場所で薄暗く埃《ほこり》っぽかった。

教育は施されることなく、我儘《わがまま》な「兄」と「姉」からは、使用人として扱われた。いや、もしかしたら実際の使用人たちのほうが、灯珂よりもいい生活をしていたかもしれない。少なくとも彼らは、衣食住に加えて、働いた分の対価を得られていたからだ。

言葉がわからない。慣れない仕事を押しつけられて、失敗すれば罵《ののし》られる。

それでいて、特別な来客があるときだけは綺麗な服を着せられ、挨拶《あいさつ》をするように促された。

『さる方からの預かり者なんですよ』

誰からかは明確にせずとも、わかる人にはわかったのだろう。

だから悪い言葉使いをすることは許されず、それでいて満足に食事すら与えられない。

気づけば人目を気にしてばかりで、生きているのすら辛《つら》くなる日々の中、灯珂の楽しみは、本を読むことだった。その唯一の楽しみですら奪われることも多々あった。

『お前の立場で、本を読むなんて贅沢だ。大体、お前みたいな人間に、こんな本を読んでも理解できるわけがない』

どうして自分は、彼らにここまで罵られなければならないのか。蔑《さげす》まれなければならないのか。言葉の意味はわからなくても、向けられる感情は伝わった。

最初の頃は何度も考えた。自分に悪いところがあるなら直そうと努力した。

灯珂はどこかで期待していた。自分もいつか「兄」や「姉」たちと同じように扱ってもらえるのだろう、と。頑張れば認めてもらえる、と。

だが考えても考えても答えは出ず、何をしても虐げられているうちに、考えるのをやめた。努力しても無意味なのだと理解した。

期待していたから落胆する。最初から期待しなければ落胆することもない。十年以上経てようやくその結論に辿《たど》り着いた。

いつしか灯珂はただ「生きている」だけになった。感情に蓋《ふた》をして、何にも心を動かすことなく、言われるままに動く人形と化していた。

だから「渡邊商店」の経営が傾き、食い扶持《ぶち》を減らすために自分が売られることになったと知ったときも傷つかなかった。

灯珂が人形と思っていただけでなく、他の人たちにとっても自分という存在は、簡単に売り買いできる人形に過ぎなかったのだと思い知らされただけだった。

そこからはあっという間だ。

何も持たされず薄汚い服に着替えさせられ、この街へ向かう鉄道の貨物車に、自分以外にも売り買いされた人々とともに無理やり押し込まれた。

街に辿り着いてからは手を麻縄で繋がれ、港まで街中を裸足《はだし》で歩かされた。

「ほら、そこのお前。さっさと歩け」

よろめいてその場に膝《ひざ》をついた瞬間、乱暴に頭を覆っていた布を奪われる。

その瞬間、露わになった灯珂の顔を見た男の顔が驚きに変わる。

「な、なんだ、女みたいな顔をして」

怯《ひる》んだ自分に慌てたように、大きな声を上げ、髪を乱暴に引っ張られる。

「痛……っ」

小さな声で呻きながらも大きな抵抗はしない。体を背後に引っ張られ尻《しり》もちをついた灯珂の視界に、空が飛び込んできた。

今にも雨が降り出しそうな厚い雲に覆われていても、空はどこまでも広がっている。無意識にそんな空に手を伸ばそうとした瞬間——。

「何をぐずぐずしている」

灯珂と空の間に割って入ってきた男が手を振り上げた。

殴られると、灯珂は目を閉じて頭を抱えた。

育ての親の家に行ってから、意味もわからずに殴られた。「姉」曰《いわ》く、母親似らしい細面の女顔が気に食わなかったそうだ。自分よりも綺麗な顔がむかついたと言っては爪《つめ》で引っかかれたことも、一度や二度ではない。だから灯珂の顔にはいくつも殴られた痕がある。

奥歯を嚙《か》み締め殴ってくるだろう拳《こぶし》に備える。できるだけ痛みがないように。大丈夫大丈夫と自分に言い聞かせる。

ところが、覚悟していた痛みは待っても訪れない。どうしたのだろうかと瞼を開いてみると、灯珂を殴ろうとしていた男が逆に殴られていた。

「ぐわっ」

呻き声を上げた男の首根っこを、隆々とした筋肉に覆われた腕が掴む。

「お前、何を……っ」

咄嗟に抵抗しようと試みたようだ。しかし次の瞬間、男はその場に支えを失った人形のように、どさりと音を立てて崩れ落ちていく。

何が起きたのかわからなかった。ただ目の前に倒れた男を眺めてから、ゆっくり後ろを振り返った。

そこにいるのは、無造作に伸ばされた髪に、派手な女性物の着物を羽織り、右の目を眼帯で覆った大柄の男だった。

足には雪駄《せった》を履いている。

浅黒い肌が印象的だ。厚くて大きめの唇の口角を上げ、無精髭の浮かぶ太い顎を指で擦りながら、男は灯珂の顔をまじまじと覗《のぞ》き込んでくる。

ひとつしかないにもかかわらず、灯珂を睨《にら》む視線は鋭く強い光を放っている。

全身に纏《まと》った空気は重い。

立っているだけで身震いするほどの圧倒的な存在感に、灯珂は無意識に息を呑《の》んだ。

伸びてきた男の手が、灯珂の細い顎を摑んだ刹那、触れられた場所がびりっと震えた。

「……っ」

「怪我《けが》をしているな」

動いた唇から発せられたのは、地の底から響くがごとく低く、全身の肌がざわめくような籠《こも》った声だった。

「怪我……？」

その声の紡ぐ言葉に、灯珂はすぐに反応できない。

いつつけられたかもわからない傷を、太い親指の腹で撫《な》でられる。瞬間、皮膚の引きつれるような小さな痛みとともに、体がふわりと浮くような感覚が生まれる。

「痛むか？」

「……い、いえ」

困惑しながら小さな声で否定すると、男は「そうか」と言って安堵《あんど》したように笑う。その表情に、灯珂は目を瞠った。

男の纏っていた独特の艶《つや》と独特の影、いや、闇《やみ》と言ってもいい空気が、一瞬にして晴れていくように感じられたのだ。そのぐらい優しさの感じられる声音と表情に灯珂が驚く背後から、ひそひそという囁《ささや》きが聞こえてきた。

「鬼だ」

「鬼が来た」

「鬼のキジマだ」

「喰《く》われる」

「殺される」

「次の獲物はあの子か」

好奇と恐怖の混ざった視線が灯珂と男に向けられている。

鬼。

獲物。

怪訝《けげん》に思って灯珂が眉《まゆ》を顰《ひそ》めたのを見たのか、男は口元ににやりと笑みを浮かべ、おもむろに腕を縛った縄を乱暴に掴んで引っ張り上げる。

「痛っ」

「それならよかった。売りものに、傷なんてあったらその価値が下がるからな」

「売りもの？」

一体何を言っているのか。わけのわからない灯珂の肩をぐっと引き寄せた男は、先ほど自分が殴った相手を乱暴に蹴飛《けと》ばした。

男は相手の髪を無造作に引っ張り、その衝撃で目を覚ました相手に言い放つ。

「こいつは俺がもらう」

その言葉に灯珂は目を見開く。

「何、言って、んだ……。あんたが鬼だかなんだか知らないが、こいつはうちの主人が金で買った囚人だ」

「俺が鬼だって知ってんなら話は早い。もちろんただとは言わない」

ボロボロの状態でありながら、諾と言わない相手の摑んでいた髪を放すと、男は胸元から取り出した物を放り投げる。

バサッという音とともにそこに置かれたのは、札束だった。ひとつ、またひとつ。ゴミでも捨てるように、男は乱暴に札束をそこに投げていく。

山積みになった札束に、誰もが息を呑む。

「これで足りないと言うのなら、直接、『鬼』こと鬼島将吾《きじましょうご》のところに来いと、てめえの主人に伝えておけ」

抑揚のない口調で言い放った男——鬼島将吾は、袂《たもと》から取り出した匕首《あいくち》を使って、他の人間と繋がっていた灯珂の縄を切った。

「あの……」

「行くぞ」

事態を把握できていない灯珂の後ろから、一人の男が這《は》い出してくる。

『灯珂様』

額を地面につけるほどに押しつけた男に、灯珂は子どもの頃使っていた国の言葉で呼び止められる。

「百《イーバイ》……？」

灯珂は足元で土下座する男の名前を、驚きとともに口にする。灯珂以上にボロボロの服を身に着け薄汚れた格好をした百という、灯珂よりも十歳は年上の男は、物心ついたときからそばにいた。

百は灯珂と違って、日本の言葉を覚えなかった。だから二人の間では、この国の言葉を使い続けている。

育ての親に売られたのは自分だけのはずだ。それなのにどうして今ここに百がいるのか、灯珂には状況が見えてこない。

『お前、どうしてこんなところに……』

尋ねる声が震えてしまう。

『お許しください、灯珂様。俺は灯珂様だけの従僕です。灯珂様のいないところでは生きていけません。ですからどうか俺も連れていってください』

泣きじゃくらんばかりの百の言葉に、凍りついていた灯珂の心が少しだけ溶けていくような感じがした。

使用人の百が、灯珂に表立って話しかけることは叶わない。だが灯珂が泣いていればそっと頭を撫でてくれる。一人で掃除を押しつけられれば手伝ってくれる。何も言わなくてもわかってくれる。

頼る人のない灯珂にとって、たった一人、心の支えになっていた人物だ。

灯珂は土下座した百の隣に膝をつき、その肩を抱えるようにして鬼島を見上げる。

「鬼島様」

灯珂が震える声で名前を呼ぶと、鬼島はわずかに眉を上げる。

「お願いです。この男も一緒に連れていってください」

訴える灯珂に向かって鬼島が口を開く。

「てめえは自分の立場がわかっているのか？」

「それは……」

両腕を縛る縄の先は鬼島の手の中にある。

鬼島の言葉で初めて、灯珂は育ての親に売られた自分が、目の前に立つ「鬼」と呼ばれ

る鬼島という男にさらに「買われた」事実を認識する。そんな灯珂に、自分以外の人間の運命まで左右する力はないのだ。

項垂《うなだ》れるしかない灯珂の腕を縛る縄が引っ張られる。顔を上げると、鬼島は胸元からさらにひとつ取り出した札束を放り投げた。

「もう一人の男の分だ」

「鬼島様……」

「のんびりしてんじゃない。さっさと立ち上がれ」

「はい……百、お前も」

灯珂は百を促して立ち上がると、先を歩く鬼島の後ろを追いかける。


人混みを抜けて通りに出ると、一際豪華な黒塗りの大きな馬車が待っていた。御者は鬼島に気づくとすぐに降りて車体の扉を開ける。鬼島は先に灯珂を乗せると、百は御者の隣に追いやって、自分も車に乗り込んできた。

すぐに扉が閉められ馬車は走り出す。

どこへ向かうのか、尋ねることなどできるわけもない。鬼島と向かい合わせに座った灯珂のことを、鬼島はまるで穴が開くほどに凝視していた。

心まで射抜くのではないかと思う強い視線に、逃げ出したい衝動に駆られつつも、馬車の中にそんな場所があるわけもない。何より手を縛る縄がある限り、逃げられるわけがないのだ。

あのときはよくわからなかったものの、鬼島は凹凸のはっきりした顔立ちをしている。鷲鼻《わしばな》気味の筋の通った高い鼻や、全体的に整った造作は、もしかしたら日本以外の血が流れているのかもしれないと思わされる。癖のある髪も漆黒ではない。肌が浅黒いのはきっと、日に焼けたからだろう。

「人の顔が珍しいか」

じろじろ見ていたせいか、鬼島に聞かれる。

「すみません……」

慌てて視線を落とすと縄を引っ張られる。

はっと顔を上げると、鬼島は顎に手をやって思わせぶりに笑いながら灯珂を見ていた。まるで嘗《な》めるような視線が纏わりついてくる。これまで過ごしていた家でも、似たような視線を向けられたことは何度もある。襲われかかったことも一度どころではない。

渡邊の娘曰く、『男に媚《こ》びる女みたいな顔』らしいが、灯珂は女ではない。渾身《こんしん》の力で抵抗して、なんとか逃げられてきた。日々に疲れ、将来など見えない状況でも、最後の矜《きょう》持《じ》は捨てられなかった。

自分が男であること。

同じ男に組み敷かれ凌辱《りょうじょく》されるという屈辱は避けたかった。

同時にその屈辱を、女性相手にも与えたくなかった。

渡邊の娘を筆頭に、灯珂に対し色目を使ってくる女は多くいた。一度でいいからとせがまれても、灯珂は誘いには乗らなかった。

正直言えば、日々を生きることで精一杯の灯珂にとって、他人に対する興味はもちろん、性欲も湧いてこなかったのだ。

だが鬼島を前にすると、果たしてこの男相手にも逃げられるだろうかと疑問になる。大体自分はこの男に「買われた」のだ。反抗する権利はおそらく自分にはない。

そう思った瞬間、指に摑まれた顎から、鬼島の熱が全身に広がってくるような気がする。同時に、心臓がうるさいほどに鳴り出した。

自分はどうなるのだろうか。

この男は、自分をどうするつもりなのだろうか。

突然に縄を引っ張られて、膝を床につく格好になる。そんな灯珂の顎を鬼島は乱暴に摑んで顔を上向きにさせた。

指先に染み込んだ煙草《たばこ》の匂《にお》いがふわりと鼻を突く。微かに眉を顰めつつ、逃れることなくされるがままにぐっと堪《こら》える。

もう一方の手で前髪をかき上げられ、まじまじと上から顔を覗かれる。

「汚れちゃいるが、整った顔をしているな。洗って着飾ればそれなりに見られるようになるだろう」

そう言って乱暴に手を放される。灯珂はその場に膝をついたまま鬼島を見上げる。

「なんだ」

「僕を買ってくださって、ありがとうございました」

今さらながらの謝辞を述べる。

「あのままだったら、どうなっていたかわかりません。百まで一緒に連れてきてくださって本当に……」

「てめえは本当に自分の立場がわかってるのか？」

鬼島は先ほどと同じ質問を向けてきた。灯珂は「もちろんです」と応じる。

「僕は貴方《あなた》に買われたんですよね。使用人として」

咄嗟に返答すると、鬼島は眼帯に覆われた右側の眉を上げる。

「力仕事は得意ではありませんが、畑仕事や家の雑用なら、ある程度はできると思います。掃除とか……」

「てめえは渡邊の家の養子じゃなかったのか？」

「そうです」

鬼島が灯珂の素性を知っていることに驚きながらも、話を続ける。

「でもあの家では使用人のように扱われてきました。だから……」

「なるほどな」

鬼島は灯珂の言葉を遮り、かろうじて体に巻きついているだけの服を、肩口から乱暴に引っ張った。

「な……」

胸元まであっさり裂けた服の下から、浮き上がった肋骨《ろっこつ》が痛々しい体が鬼島の目の前に晒される。小さな傷痕が無数についているにもかかわらず白い肌を目にして、鬼島は「ほう」と感嘆の息を漏らす。

咄嗟に胸元で交差した腕を引っ張られ、色の違った小さな乳首が露わになった。

「少々痩《や》せすぎなところは気になるものの、そそる体をしているな」

舌嘗めずりしながらの言葉に、同じ男相手だとわかっていても、灯珂の全身に羞恥《しゅうち》が襲ってくる。

「男の上に少々とうが立っちゃいるが、そういうのが好きな客もいるだろうから、なんとかなるな」

鬼島の言う「客」という言葉で、灯珂はようやく自分がどういう目的で「買われた」かを理解する。

「……鬼島さん……僕は……」

「やっとわかったのか」

鬼島は顎をしゃくり上げる。

「言っただろう。てめえは買われたんだ。俺のやってる見世《みせ》で客に体を売るために」

2

かつて巴里《パリ》を手本に露西亜が計画していた円形広場に面した十街区に、街の、というよりは日本の重要な機関の多くの建物が連なっている。

その前を通り過ぎ南へ向かうと、ほどなく神社の境内が見えてきた。その隣には日本の有名な寺の別院が建っている。さらにその前を通り過ぎると、入り口にアーチが設けられた区画があった。

馬車がそのアーチを潜《くぐ》った通り沿いには、煉瓦《れんが》造りの格子窓がある建物がいくつも連なっていた。

パッと見、これまで過ぎてきた通りや建物となんら変わらないように見える。が、人の姿がほとんどない。開けた窓から漂ってくる空気に、どことなく湿り気を感じるのは気のせいだろうか。

馬車が停まったのは、周辺となんら遜色《そんしょく》のない外観の建物の前だった。

鬼島が降り立つのとほぼ同時に、小さな扉からわらわらと和装の男たちが何名も姿を見せたかと思うと、その場に頭を下げて出迎える。

「お帰りなさいまし」

鬼島はそんな挨拶に眉ひとつ動かすことなく、あとから馬車を降りた灯珂の腕の縄をぐっと掴んで引っ張った。

ここは一体なんなのか。

不思議になりながら扉の中に入った瞬間、目の前に広がる絢爛《けんらん》豪華に彩られた内装に驚かされる。

足元には毛足の長い絨毯《じゅうたん》が敷かれ、壁という壁には掛け軸や絵画が飾られ、豪華な細工の施された家具の中には、様々な陶器が飾られていた。

朱、金、銀。まさに目の眩《くら》むような空間に足元をふらつかせる灯珂の肩を、鬼島は難なく支えてくれる。

「お帰りなさいませ、旦那様《だんなさま》」

和装姿の年配の男性が、奥から出てきて鬼島に駆け寄ってくる。

「そちらが、例の？」

白髪交じりの髪に丸眼鏡《まるめがね》をかけた男は、鬼島に確認してからちらりと灯珂に目を向けてくる。

「そうだ」

鬼島は縄から手を外し、胸元から取り出した煙草に火を点《つ》ける。天井に向かってゆらりと上がっていく煙を灯珂は視線で追いかけながら、男の口にした言葉に引っかかりを覚える。

何が、例の、なのか。

自分はあの場で偶然、この男に買われたのではないのか。

「高埜《たかの》」

「はい」

丸眼鏡の男は高埜というらしい。鬼島に呼ばれて足元に膝をついた。

「目いっぱい着飾らせてやってくれ。誰もがどれだけ金を積んでもこいつを欲しくなるぐらいに」

「かしこまりました」

鬼島の言葉で、灯珂は改めて馬車の中で突きつけられた現実を思い知らされる。

「鬼島さん……」

それでも胸の中に湧き上がる不可思議な感情ゆえに、灯珂は鬼島を呼び止める。鬼島はわずかに眉を動かしつつも、灯珂の肩から掛けていた晴着を手にしたあと、その場から出ていってしまう。

「あんた。名前はなんだね？」

残された高埜は、かろうじて体に布を纏っただけの灯珂の前に立つ。

「灯珂、渡邊灯珂です」

「灯珂ね。手を出しなさい」

言われるままにおずおずと手を伸ばすと、手首に残っていた縄を切られる。

自由になった両方の手首は、皮膚が擦れ赤くなってところどころ血が滲んでいた。

「風呂《ふろ》に入ったら手当てするよ。荷物は？」

「何も……」

渡邊の家を体ひとつで追い出された。あの家には、灯珂の物は何ひとつとしてなかったのだ。

「身軽なのはいいことだ。両手が余計な物でいっぱいだと、新しい幸せを掴むことができないからね」

高埜は誰に言うでもなくそう言って、灯珂を建物の奥へ連れていく。そこには大きな風呂があり、白い湯気で満たされた中には、肌を露わにした女性たちが入っていた。

「あの……」

「あんたと同じ、うちの酌婦たちだ。体をしっかり洗ったら、化粧の仕方や着飾り方を教えてもらうといい」

「僕、男です」

「男だろうと女だろうと、うちの見世の商品に変わりはない」

慌てて訴えた灯珂に対して、高埜は冷ややかな視線を向けてくる。

「あんたのことは旦那に任されてんだ。っていうことは、他の女たちと同じってことだ。あんたは旦那に買われたんだろう？　だったら主人の言うことにはおとなしく従いな」

もはや服の意味はなしていなかった布を剝《は》ぎ取られ、乱暴に背中を蹴られて浴室に押しやられる。

「待って……っ」

急いで振り返ったときにはもう、扉が閉められていた。

「体を綺麗にしてこない限りはここから出さないよ」

鍵《かぎ》をかけられてしまう。

「でも」

「お前ら。その兄さんを、隅から隅まで洗ってやってくれ。そのあと、うちの見世で一番の別嬪《べっぴん》にしてやってくれ」

「はーい」

湯船に入っていた女たちは、なんの躊躇《ちゅうちょ》もなく応じた。

「お兄さん、取って食ったりしないから、余計なモン脱いでこっちにおいでなさい」

「いや、でも……」

「うだうだ言ってないで、おとなしく従ったほうがいいよ。あんたが言うこと聞いてくれないと、あたしらが鬼に怒られるんだから」

横から伸びてきた手が灯珂の体に纏わりついてくる。咄嗟に振り払っても反対側から違う女の手が伸びてきた。

気づけば女に取り囲まれ、そのまま湯船まで引きずられるようにして移動する。熱い湯に浸《つ》かると、頭がぼうっとした。だがしばらくすると心地よさが全身に広がっていく。

湯に浸かるなんていつぶりだろうか。思い出そうとしてもすぐには浮かばない。そのぐらい久しぶりだった。

遠い記憶の中で入った風呂も、こんなにたっぷりの湯は張られていなかったし、水と変わらないぐらいに冷めていた。

こうして熱い湯に浸かっていると、汗とともに体の中に降り積もっていたものが一緒に肌から滲み出てくるような気がする。

「気持ちいいだろう？」

伸ばした腕を擦られる。

「熱い湯に浸かっていると、嫌なことも忘れられるんだよ」

足を揉《も》まれる。

灯珂の周りに集まった女たちは、豊満な胸をまったく隠すことがない。目のやり場に困りつつ、灯珂はされるがままに任せることにした。

「——鬼島さんはどういう人なんですか？」

そして尋ねる。

「この娼館《しょうかん》の主《あるじ》だよ」

娼館——改めてその事実を女たちの口から聞かされて、灯珂は体を強張《こわば》らせる。

「この街の裏の顔だよ。鬼島将吾の名前を知らない奴らはモグリだ」

「なんの仕事をしているんですか。娼館だけですか」

「あたしらも詳しいことは知らないけど、港の警備とか輸入の仕事をしてるらしいよ」

「輸入？」

「そう。どっかの国から香辛料とかお茶とか珍しいモノを仕入れて売ってるって聞いてる。あとは、芥子《けし》の実とか」

「阿片《あへん》は禁止されているんじゃ……」

「禁止したって、この街じゃどこでだって簡単に手に入る。あんたも知ってるだろう？」

芥子の実は阿片の元となる。表向き売買を禁止されながらも、この国のあちこちに阿片を売買し吸引させる阿片窟《くつ》が存在している。

「とにかくこの街で生きていきたければ、あの男に逆らっちゃ駄目なのさ。表の仕事も裏の仕事も、鬼の目が光ってる」

港で会ったとき、鬼島の存在に気づいた人々が、口々に「鬼」だと囁いていたのを思い出す。

湯船から上がると、全身を洗われる。下手に抗《あらが》うと、かえって女たちの体に触れてしまう。ここはされるがままに任せるしかないと諦《あきら》めた。

女たちは灯珂の全身に無数にある傷痕に気づいているだろう。だがそこには絶対触れてこない。

「綺麗な肌だね」

ただ洗ってくれる。

「綺麗な髪だね」

ただ梳《と》かしてくれる。

物心ついてから、こんなふうに誰かに気を使ってもらったことがあるだろうか。諸肌《もろはだ》を現した女性相手に、性欲ではなく母親のような優しさと心地よさを覚えてしまう。気を緩めると泣き出したくなるのを、灯珂は下唇を噛んで堪える。

「鬼島さんは、なんで鬼と呼ばれてるんですか」

ふと思い立って彼女たちに尋ねる。

「そりゃ、鬼島って名前だからだろう」

あまりに当然すぎる答えが返ってくる。

「それだけですか」

「あたしが聞いた話じゃ、昔、人を喰ったからだってさ」

「喰った？」

人を？

「あたしも聞いたことあるけど、ガセじゃないのかい？」

他の女が呼応する。

「ガセじゃないよ。ただ、本当に喰ったわけじゃないって聞いたけど」

また別の女が声を上げる。

「違うよ。鬼島の旦那が体に触っただけで、相手がバタバタ倒れたって話だ」

右腕を洗っていた女の発言に灯珂は目を見開いた。

「体に触っただけで倒れた？」

「そう。それで鬼島の旦那が、人間の生気を吸って生きてるって話なんだよ」

「生気って……たとえ話じゃないんですか？」

「どうだかねえ。旦那と寝た女たちが、翌日起き上がれなくなってるって話はよく聞いてるけど」

女が下卑た笑いを浮かべる。

「そりゃ、旦那が絶倫すぎるってだけの話じゃないのかい？」

また別の女が揶揄するように言うと、灯珂の髪を洗っていた女がゲラゲラ笑った。その瞬間、灯珂の心臓が大きく鳴った。

「まあ、それもあるかもしれないけどさ。あのガタイにあの顔だよ。アッチも相当立派なのは間違いないだろうからねえ。あたしだってできるもんなら、一度お相手を頼みたいところだよ」

今度は心臓が軋《きし》むように痛む。

「鬼島さんは……もてるんですか」

「当たり前だろう？」

それでも痛みに耐えて尋ねる灯珂に、女たちは口を揃《そろ》えて肯定する。

浴室から出ると体を拭《ぬぐ》われ、鏡の前に座らされてバサバサの髪を切り揃えられる。

女たちは自分たちの着替えを後回しにして、灯珂の準備に専念する。

甘い香りの油を髪と肌にたっぷり塗り込まれ、肌に粉をはたかれる。

慣れない感覚に違和感を覚えながらも、灯珂はじっと耐える。

「鬼――と、恐れられているのに？」

そして浴室で交わされていた会話を続ける。

「そりゃそうさ。もちろん得体の知れない怖さはある。だけど、裏の世界に生きていようが、この街のトップにいる男だよ。そんな男の愛人になるっていうのは、あたしらみたいな仕事をしている女にとっちゃ、一番の目標さ」

手際よく髪を飾られ、女物の服を着せられ、顔には派手な化粧を施される。

「あんた、美人だね」

紅を差してくれる女はしみじみ言う。

「うちの見世には他にも男娼がいたけど、あんたよりずっと若かった。体つきもいいし、肌も綺麗だ。あんたもまだ若いし綺麗だから、きっといいお客がつくよ」

女たちなりの褒め言葉なのだろう。

灯珂は出来上がった自分の姿を映し出す鏡を眺める。

そこには自分の知らない自分がいた。

肌は白く塗られ油で撫でつけられた髪には派手な飾りがされ、体のラインに添う、朱色の布に金色の刺繍《ししゅう》が施された服を着せられている。

綺麗だと言われても灯珂にはわからない。いい客がつくことがいいことなのかもわからない。

着替えが済んだ直後、高埜が迎えにやってくる。

「おやおや、馬子にも衣裳っていうか、ずいぶんと化けたもんだ」

開口一番、灯珂の姿を見て驚きの声を上げた。

「こりゃ、お客さんもお喜びだ」

「客……を、取るんですか？」

今日、それもついさっき連れてこられたばかりで、心構えも何もあったものではない。

「そりゃそうだ。あんたはそれが仕事だろう？　まずは見世の中を案内するからついておいで」

混乱する灯珂は無視して、高埜は見世の中を案内すべく先を歩く。慣れない装いに足を取られそうになりながら、灯珂はその後を追う。

「でも、僕はまだ来たばかりで……」

「確かに、うちの見世に来たら、最初は他の酌婦の手伝いなんかして、下積みを終えてから客の相手をする。だが、あんたは特別だ」

外から見ると長方形のなんの変哲もない建物だったが、見世部分は豪華絢爛な装飾を施されている。

かつて暮らしていた渡邊の家も、高価と言われる家具や調度品を揃えていたが、無節操で無秩序で成金丸出しだった。

しかしこの見世は違う。

入り口はもちろん、そのすぐ横に設けられた食事処や待合場所も、統一感のある外国製の家具が備えられている。見世の奥にはいくつか和室が並び、大半の寝所は二階に位置するらしい。

当然のことながら、灯珂はいわゆる「遊郭」や「妓楼」といった類《たぐい》の場所に入ったことはない。わずかな知識は、育ての親のところで読んだ本の記述程度だ。当然、性に関する知識も浅い。だがこの見世がかなり大規模だろうことは、働いている女たちの数や内装の豪華さで想像ができた。

『裏の世界に生きていようが、この街のトップにいる男だよ』

女たちの鬼島に対する評価が蘇《よみがえ》ってくる。この見世は、あの男の持ち物なのだ。

『言っただろう。てめえは買われたんだ。俺のやってる見世で客に体を売るために』

改めて鬼島の言葉を思い出して、灯珂の心が締めつけられる。

己の命に執着はなく、己の体に対しても思い入れはないつもりでいた。

それなのにいざ「体を売る」と言われると、激しい戸惑いや羞恥や嫌悪が生まれてくるのはなぜなのか。

「今日のあんたの持ち場は、この部屋だ」

戸惑っている灯珂の気持ちなどまったく無視して、高埜はひとつの部屋の襖《ふすま》を開けた。

おそらくここは見世の最奥に位置するのだろう。和風の造りで十二畳程度の広さがあり、襖で隣の部屋と繋がっているらしい。

欄間や床の間が設けられた、落ち着きのある雰囲気だ。

部屋の中央には朱塗りの膳《ぜん》が置かれ、座布団が前に敷かれていた。

「それじゃ、俺はこれで……食事と酒はこのあとで運ばれてくる」

「え」

茫然《ぼうぜん》と部屋を眺めている灯珂を、高埜は置いていこうとする。咄嗟に灯珂が腕を摑むと、高埜は露骨に眉間《みけん》に皺《しわ》を寄せた。

「なんだい」

「何も教えてくれないんですか」

「閨《ねや》の話は、俺に教えられることなんてないよ」

やれやれと高埜は肩を竦《すく》める。

「でも」

「でももだってもねえ。あんたはただお客さんの隣に座って、笑って酒を注いでりゃいい。あとのことはぜーんぶ、お客さんが手取り足取り教えてくれるからさ」

そう言って高埜は灯珂が止めるのも聞かず、部屋の襖を閉めて行ってしまう。

「……そんな……」

目の前で閉じられた襖を眺め、灯珂は途方に暮れる。

もちろん鍵をかけられているわけではなく、簡単に襖は開けられる。だが開けて高埜を追いかけたところで、同じことを言われるだけだ。

灯珂は襖に背を向け、改めて部屋の中を見回すが、知らずため息が零《こぼ》れ落ちてくる。

「どうしたらいいんだ……」

頭を抱えその場にしゃがみ込んだ。

この一日で、あまりにも色々なことが起きすぎている。

渡邊の家のあった街を出たのが早朝だ。

狭くみすぼらしい部屋で寝ていたところを見知らぬ男たちに叩《たた》き起こされ、着の身着のままの状態で家から引きずり出された。

男たちが怒鳴っているのに、渡邊の家からは誰も出てこなかった。

灯珂を連れに来た男は言った。

『お前は罪人だ』と。

さらに続けた。

『罪人のお前は借金の形《かた》に売られたんだ』

罪を犯した覚えはなかった。

いや、自分という存在は、生きているだけで罪びとなのかもしれない。

手首に麻縄を繋がれ、狭い貨物列車に押し込められて、この街までやってきて、髪を引っ張られ、理由もなく殴られそうになった。

そんな相手を殴り飛ばしてくれた鬼島の顔を見たとき、あまりの眩《まぶ》しさに目を瞠った。

纏った空気の重さに戦《おのの》きながら、それ以上に鬼島の放つ空気に心が震えた。

瞬間、芽生えたのは多分、恐怖だっただろう。

見上げるほどの上背とがっしりとした体軀《たいく》、それから片方の目を覆う眼帯――浅黒い肌も相まって、どこか獣じみた独特の雰囲気を醸し出していたのだ。

暗闇から突如浮き上がってきたような存在に身震いした。

でも、触れられた瞬間、指先から電流のようなものが伝わってきた。

『怪我をしているな』

気づかう言葉を聞いた途端、全身がざわついた。

あの外見からしたら、もっと猛々《たけだけ》しいしゃがれた声だろうと想像していた。だが予想していたよりも柔らかく優しく灯珂には感じられたのだ。

あのとき、灯珂の心に瞬間的に芽生えた感情がなんだったのかわからない。ただ、恐怖だけでなかったことは間違いない。

生きる意味も目的もなく、ただ目の前には闇しか見えなかった灯珂にとって、闇そのものに思える男の存在が、特別なものに思えたのかもしれない。

実際、金を払って従僕である百とともにあそこから連れ出して馬車に乗せてくれたときには、灯珂の未来に一筋の光が差し込んできたように思えた。

だが実際はこの有様だ。

渡邊の家で使用人扱いされるのと、今ここで着飾られて、酌婦として客を取らされるのと、どちらがましなのかはわからない。灯珂にとって何もかもが未知で、どうしたらいいのかまったくわからないのだ。

ここで泣ければいいのかもしれない。だが瞳は潤んでも涙は流れてこない。いつしか堪える癖がついてしまった。無意識に唇を嚙み締めていると、襖の外に人の気配を感じる。

「そういえば……お酒と料理が運ばれてくるって……」

急いで乱れた裾《すそ》を整え襖に手をかけようとすると、わずかに開いた襖の間から足が伸びてくる。驚いて一歩退いた灯珂の前に現れたのは鬼島だった。

手には盆に載せた小皿に盛られた料理と、一升瓶を抱えている。

どうして、鬼島が？

驚く間も与えることなく、鬼島はじろりと灯珂に鋭い視線を向けてくる。頭のてっぺんから足の先まで眺め、口元にふっと笑みを浮かべる。

「やっぱり俺の思ったとおりだ」

満足気に呟《つぶや》くと、大股《おおまた》に部屋の中央へ向かい、日本酒の一升瓶を畳の上に置いて、盆の中の小皿を膳に移動させる。

そうか、鬼島が客のための料理と酒を運んできたのか。灯珂はそう解釈して、急いで鬼島の手伝いをすべく膳の前に腰を下ろす。

「すみません。僕がやりますので、鬼島さんはどうぞ下がってください」

「ここはいいから、襖閉めてこい」

しかし鬼島に手で追い払われ、仕方なしに灯珂は開け放たれたままの襖を閉めに向かう。

それから膳の前に戻ると、鬼島は客が座るべく用意された座布団の上に座っていた。

そして。

「座れ」

灯珂に隣に座るよう促してくる。

「座れって、そこはお客様の……」

「今日の客は俺だ」

狼狽《うろた》える灯珂に、鬼島はにやりと口の端を上げた。

「このお見世の主人である鬼島様が、お客様、なんですか？」

わけがわからない。その場から動けずにいる灯珂をそのままに放置し、鬼島は一升瓶の栓を抜いて膳の上にある徳利に酒を注いだ。

「見世の主人が客になっては駄目なのか？」

「い、え……」

見世の決まりは知らないが、おそらく駄目ではないだろう。

「きちんと見世には金を払ってる。もちろん俺の金だ。見世の金じゃない」

「どうしてそんなことを」

灯珂には鬼島のしたいことがわからない。

「見世の主人だったら、わざわざお金なんて払わなくてもいいんじゃないんですか？」

「なんだ。てめえはタダで俺に抱かれても構わないと思ってるのか？」

「そういう話ではなく」

灯珂は鬼島の向かい側に腰を下ろす。

「俺はこれでも、公私はきっちり分けて考える生真面目《きまじめ》な性質《たち》でな」

鬼島は足を大きく左右に開いて右の膝を立てると、その膝に腕を預け、徳利から猪口《ちょこ》に注いだ酒をまるで水のように飲み干した。

「見世の主人としちゃ、商品には手を出さないと決めている。それでもどうしても商品に手を出したいときにはどうすればいいか。てめえにわかるか？」

ぬっと猪口を差し出される。無理やり押しつけられて、灯珂が仕方なしに猪口を受け取ると、鬼島はそこに無造作に酒を注いできた。

「あ……っ」

しかし灯珂が手を動かしたせいで、大半の酒は猪口から零れてしまう。

「ったくしょうがねえな」

徳利を膳に置いた鬼島は、乱暴に灯珂の手を摑んで自分のほうに引き寄せる。前のめりに倒れる灯珂の目と鬼島の目が合う。獲物を狙《ねら》う獣のごとく、鋭く獰猛《どうもう》な視線が、灯珂の心を射抜いていく。

怯んだのを見て取ったのだろう。

鬼島はふっと笑いながら、開いた口から伸ばした舌で灯珂の手を濡《ぬ》らした酒を拭う。灯珂が見ているのがわかっていて、ねっとりとたっぷりと、舌全体を押しつけてくる。

「……………っ」

舌の小さな突起全体が皮膚に張りついた刹那、全身を強烈な衝撃が貫く。全身をびくつかせたのは、鬼島にも伝わっただろう。

鬼島は自分の前にある膳を乱暴に空いている方の手で払うと、灯珂の体をそこに組み敷いて上から押しつけた。

そして首筋に頭を寄せて言った。

「間違いない。この匂いだ」と。

3

「臭いですか？」

灯珂は咄嗟に自分の匂いを嗅《か》いだ。

「さっき言われたように、風呂に入ったんですけど……体や髪には慣れない油を塗られたので、それが匂うんでしょうか」

「いや、そうじゃない」

鬼島は灯珂の髪を手に取ると、顔を寄せて匂いを嗅ぐ。

「俺が言っているのは、お前自身の匂いだ。自分ではわからないかもしれないがな」

「僕自身の匂い……」

「そうだ。あのときもこの匂いがしていた」

髪だけでなく、顔や胸元にまで鼻先を押しつけられると、擽《くすぐ》ったいような恥ずかしいような感覚が全身に広がっていく。

「あのときって、いつのことですか」

鬼島と会ったのは数時間前に過ぎない。「あのとき」と言われるほどの前ではない。ということは。

「僕はどこかで貴方と会ったことがあるんですか？」

震える声で尋ねると、鬼島の眉が微かに動く。

「やはり覚えていないか」

「すみません」

灯珂はすぐに謝る。

「僕には四歳までの記憶がないんです」

「どうして」

「あの、本当の親を目の前で殺されているらしくて、その衝撃で過去の記憶を失ったのだろうと……」

「それは誰に言われた？」

鬼島は顎を覆う髭を擦りながら聞いてくる。

「渡邊の……育ての親に」

「そういうことか」

鬼島は何かに納得したように頷《うなず》く。

「僕のこと、何か知ってるんですか?」

灯珂は鬼島の腕を掴んだ。

「親のこと、何か知ってるなら教えてくれませ………」

藁《わら》にも縋《すが》る思いで必死に訴える灯珂の手首を掴み、自分の口元に寄せて掌に舌を這わせてくる。

「何、を……」

「見たらわかるだろう。味見だ」

「味見って、僕は食べ物じゃ……」

「聞かなかったのか。鬼の鬼島は人を喰らうって」

鬼島は口角を上げる。

『あたしが聞いた話じゃ、昔、人を喰ったからだってさ』

なぜ鬼島が鬼と称されるのかを尋ねた際の女の返答が蘇ってくる。

『ガセじゃないよ。ただ、本当に喰ったわけじゃないって聞いたけど』

『違うよ。鬼島の旦那が体に触っただけで、相手がバタバタ倒れたって話だ』

『そう。それで鬼島の旦那が、人間の生気を吸って生きてるって話なんだよ』

何も答えずにいると、鬼島は笑う。

「聞いたんだな。鬼は人の生気を吸って生きていると」

肯定も否定もする前に、灯珂は全身をびくつかせることで返答してしまう。

「本当……なんですか？」

「聞いたんじゃねえのか？　俺に触れた相手がどうなったか。俺と寝た女が翌日どうなったか」

「……聞きました」

「だったら」

「でも、人から聞いた話です。鬼島さん本人から聞いたわけじゃないです」

鬼島の言葉を遮って訴えた灯珂は、腕を振り払ってその場に起き上がった。

「他人から聞く話に嘘《うそ》が多いことを僕は知っています。みんな好きなように話に尾ひれはひれをつけるものです」

灯珂自身についてもそうだ。

自分は何もしていないのに、気づけば渡邊の娘に色目を使ったことになっていたし、襲いかけたこともあるらしい。襲われたのは灯珂のほうだし、手を出さなかったことで文句を言ったのも娘のほうだ。

それだけではない。犯していない罪を犯したことにされて、今この場にこうしている。

「僕の知っている鬼島さんは僕を助けてくれた人です」

「助けたわけじゃない。こうして抱くために、買っただけだ」

鬼島は起き上がった灯珂の体をあっさり再び己の下に組み敷く。

「鬼島さん……まだ聞きたいことが……」

「港で会ったときには、今にも死にそうな顔をしていたくせに、ずいぶんと今はよく喋《しゃべ》るじゃねえか」

身に着けた旗袍《チーパオ》の横の切り込みから手を差し入れてきた。内腿《うちもも》を掌で擦られた途端、全身にぶるっと震えが走り抜けていく。

「あっ」

「話はあとだ。今はせっかく着飾ってもらったこの服を全部ひっぺがして、お前の体を見たい」

「や……っ」

咄嗟に逃げようと体を捩《よじ》るが、灯珂より一回り以上大きな体の鬼島に押さえつけられたらどうにもならなかった。

「抗っても無意味だ。俺はお前が泣こうが喚《わめ》こうが、絶対に抱くからな」

鬼島は襟から胸元にかけて留められている組み紐《ひも》で作られた釦《ボタン》を、器用に指で外していく。それによって露わになるのは、美しい刺繍の施された朱色の胸当てだ。女性の場合、豊満な胸元をさらに強調する意味もあるが、灯珂の胸はなんの膨らみもない。

そんな平らな胸を探るように、胸当ての下を大きな手で撫でてくる。

「鬼島さん……僕は、男です」

「本当か？」

見えない場所を探られる不快さに耐えられず、灯珂は布の上から鬼島の手を押さえた。膨らみがなくても撫でられていると、そこから擽ったいようなもどかしいような感覚が広がっていく。

同時に、強烈な罪悪感と嫌悪感が灯珂の胸に生まれる。

男なのに、女のような胸がないのに、どうしてこんなふうに感じてしまうのか。胸の突起を指の間に挟まれ、軽く引っ張られるとさらに痛みのような感覚が全身を貫いた。

「……っ」

「女じゃないのに、ここを弄《いじ》られて感じるのか？」

心を見透かされたような指摘に、灯珂の顔がカッと熱くなった。

「元々女みたいな顔が、赤くなるとさらに女のように艶めいて見える」

「僕は女じゃないっ！」

鬼島の言葉に、灯珂の中で何かがぶち切れて、がむしゃらに振り払った。

「……痛っ」

その瞬間、鬼島が頬に手をやった。そこには、爪の先で引き裂いただろう細い傷ができていた。

「ごめんなさい。僕……」

「この指か」

慌てた灯珂の手を取り、指先に口づけてくる。

「悪いことをしたら、仕置きが必要だな」

そう言いながら、鬼島の尖《とが》った犬歯が灯珂の指の皮膚を突き破ってくる。

「あ……っ」

皮膚に滲む血液に鬼島が舌を伸ばしてきた瞬間、これまでにない震えが全身を走り抜ける。刹那、鋭い視線が向けられる。

一方の眼を眼帯で覆い隠しているにもかかわらず、鬼島の瞳は強い光を放っている。

見られているだけで、心まで暴かれてしまうような感覚に陥るのはどうしてなのか。

女扱いするのは鬼島が初めてじゃない。

幼い頃はともかく、今は体つきを見れば、誰だって灯珂が女でないことはわかる。女性の服を着せられ化粧をされていてもそれは変わらないだろう。綺麗だと言われても、女に見えるわけではない。

鬼島は元々灯珂が男だとわかっている。

ない胸に触れて、内腿に触れた手は、おそらく灯珂の性器にも届いていただろう。

それでも女だと言われることに、どうしようもない苛立《いらだ》ちを覚えた。

自分は男だ。

男である自分が誰かわかっていて、鬼島は抱こうとしているのではないのか。

「貴方は、誰なんですか」

捕らえられた指はそのままに尋ねる。

「どうして僕にこんなことをするんですか」

渡邊の家に行って今日までずっと、灯珂はどこか心ここにあらずだった。それまでの記憶がなかったせいかもしれない。自分がどこの誰かわからず、頼る人もない。

百はそばにいてくれても、彼は家族ではない。

この世にたった一人、放り出されたような気がしていた。

優しさも温もりも知ることがないまま罪人として借金の形に売られても、誰を恨むこともなかった。恨めなかったと言うのが正しい。自分の存在自体、他人の迷惑になるのだろうと思っていた。

だから縄で繋がれ貨物列車に物のように乗せられたとき、少しだけ気持ちが楽になった。このまま死んだら、これ以上辛い目に遭うこともないと思えた。

それなのにあのとき、闇に落ちかけた灯珂の腕をこの男が取った。よりにもよって鬼と呼ばれる男が、自分を光のあるほうへ引き上げたのだ。

その他大勢の誰かではなく、自分に対して伸ばされた手に触れられた瞬間、灯珂の体の中で「何か」が目覚めたのだろうと思う。そうでないと説明がつかない。

灯珂にとって鬼島は初めて会った相手のはずだった。誰もが恐れる『鬼』と称される男なのに、鬼島は灯珂を、娼館で「体を売る」商品として購入したにもかかわらず――目の前にあった闇が晴れていくように感じられた。

「僕の何を知っているんですか」

鬼島が自分のことを知っていると確信していたわけではない。同じように、自分が鬼島のことを知っていたと思っていたわけでもない。

でも「何か」があるはずだと信じたかったのかもしれない。

鬼島は灯珂の言葉を聞きながら、自分がつけた傷痕をねっとりと嘗め上げていく。

「言いたいことはそれだけか？」

続けて指をしゃぶりながら聞いてくる。

その問いとともに、皮膚に触れる鬼島の舌の突起のすべてが、意志を持って刺激してくる。知りたいことはそれだけか、と。

「……鬼島さん」

「おとなしく抱かれていれば教えてやる」

その刺激に灯珂の体を作り上げる小さな細胞のひとつひとつが呼応している。

「知りたいか？」

鬼島は灯珂に確認してくる。

「教えてほしいか？」

さらなる問いに心臓が激しく鳴り、全身に汗が噴き出してくる。

これまで感情を荒らげることもなく、ただ静かに日々が過ぎているのを眺めていただけの灯珂にとって、初めての状況だった。

知りたい。教えてくれ。教えてほしい。

全身で訴えているのはわかっても、言葉にするのは躊躇《ためら》ってしまう。

なぜならば、これまでに誰かと抱き合った経験がないからだ。

もちろん知識はあるし、何をするかもわかっていても、実際に自分がその行為をするとなると話はまったく別だ。おまけに自分から「してくれ」と言うことに強烈に躊躇する。したいのかと問われたら、やはり答えに窮する。経験がないため、性交することで自分がどうなるか、まったく想像ができないのだ。

おまけに自分は男で相手も男だ。

肌に触れられ撫でられるだけで、肌がざわめき落ち着かない感覚に陥っている。さらに直接性器を他人に触れられると思っただけで、もう頭がおかしくなりそうなのだ。

だからといって、嫌なのかと問われると、それについても否とは言えない。

行為自体よりも、鬼島を受け入れることで、自分が「何か」を教えてもらえることに対する好奇心が勝っている。

それでも――。

「無言は肯定とみなす」

熟慮する時間は与えられず、半開きになっていた灯珂の唇に、鬼島の肉厚な唇が押しつけられてくる。

「……っ」

当然、口づけ自体も初めての経験だった。

だから最初は息苦しさに困惑し、滑《ぬめ》った他人の唇の感触に激しい嫌悪感が生まれた。

散々、手に口づけられていても、唇で感じるのはこんなにも違うのか。

とにかく苦しくて、必死に両手で鬼島の胸を押し返そうと試みるものの、圧倒的な体格差ゆえにびくともしない。それどころかさらに深く重なってきた唇の間から、舌が伸びてきた。

唇の滑り感を超えた、まるで生き物みたいな感覚に、灯珂の全身が総毛立つ。

「や……ん、んっ」

鬼島が顔の角度を変えるその瞬間に、わずかに呼吸する間が生まれる。必死に息を吸おうと開いた唇から、鬼島の舌が口腔《こうこう》内に忍び込んでくる。

蛞蝓《なめくじ》が肌を這う感覚に近いかもしれない。

濡れていて柔らかくて滑っていて熱い。

自分の意志とは違う動きをする鬼島の舌は、灯珂の歯の間を割って裏側を突いてくる。

咄嗟に追い返そうと自分の舌を押しつけたら、今度はその舌に絡みついてくる。

「ん、ぐ……ん、んっ」

舌だけを動かせず、全身に力が籠って膝を立ててしまう。しかし鬼島は抗う体を完全に封じ込め、艶やかな刺繍の施された旗袍の裾から露わになった両足を大きく左右に開き、その間に己の体を押し入れてくる。

何枚かの布で覆われているに過ぎない灯珂の下腹部は、鬼島が足を動かすたびに刺激されてしまう。その刺激が口腔内の灯珂の舌に伝わり、舌の受ける刺激も下半身に直結する。己の脈がドクドクと音を立てていることも、熱が下肢に集まっていることもわかっている。

口腔内を蠢《うごめ》く鬼島の舌に嬲《なぶ》られた灯珂の舌は、根元から痺《しび》れたようになってされるがまま。釦を外され全開にされた胸元は、ずっと弄られ続けている。

掌全体で撫でられたり、指で乳首を摘《つま》まれたりするたび、小刻みに痙攣《けいれん》してしまう。さらに動きを封じられた下半身も膝が揺れる。

立て続けに責められ続け、未知の刺激ばかりに襲われて、灯珂の意識は混濁し理性は溶け始めていた。冷静な判断力などすでになく、容赦ない鬼島の愛撫《あいぶ》に泣き出しそうになっていた。

唇を解放されると、大きく息を吸って酸素を体に取り入れる。ようやく少しだけ明瞭《めいりょう》になる意識の中で認識した光景は、鬼島の頭が自分の腰の辺りにある状況だった。何をするのかと考える前に、鬼島は灯珂の足の間でのそりと勃《た》ち上がりかけていた欲望の先端に舌を伸ばしてきた。

「やっ、ああ………っ」

強烈な刺激だった。

「さすがに女じゃなかったな」

わかりきっていたことを言いながら、鬼島はそこをねっとりと嘗め上げる。

視覚からだけでなく、体を伝わる苛烈《かれつ》な感覚に、腰が激しく上下する。

「や、だ……いや、や、め、てくだ、さ……っ」

咄嗟に両手を鬼島の頭にやって押さえ、腰を左右に揺らそうと試みる。だが鬼島は容易に灯珂の手を捕らえ、腰の動きも封じられてしまう。

そして嘗めるだけでなく、感じやすい剝《む》き出しのそこを口の中に含んだ。

「鬼島、さ、ん………っ」

見たくないのに見てしまう。どんなふうに鬼島が自分を愛撫しているのか。彼の刺激で己がどう変化していくか。

見ないほうがいいと思う自分もいた。

だが未知の感覚ゆえに、どんなふうになるのか好奇心を掻《か》き立てられている自分もいる。

そして実際に見てしまうと、想像以上の羞恥に耐えられそうになかった。

顔を覆い隠そうにも両手は鬼島に捕らえられている。体を捩りたくても、腰もがっしり鬼島に押さえつけられている。

鬼島は灯珂が見ているのに気づいていて、わざと鋭い視線を向けてくる。灯珂が頭を押したせいで乱れた前髪で額を覆われた鬼島からは、濃厚な男の艶が溢《あふ》れている。視線のやり方や大きく横に広げられた口元から覗き見える赤い舌の動きが、とにかくいやらしい。

鬼島は喉《のど》まで届くぐらいに灯珂を口腔の奥深くまで飲み込んで、一気にぎりぎりまで引き抜いていく。

わざと猥雑《わいざつ》な水音を立てながら、唾液《だえき》で濡れて淫猥《いんわい》に光る灯珂自身を見せつけられると、その場から逃げ出したい衝動に駆られる。

これほどまでに、己の欲望をまじまじと見たことはない。他人に触れられたことも、もちろんしゃぶられたこともない。

いつの間にか鬼島は捕らえていた灯珂の手を解放し、両手を欲望に添えてくる。

基本的に灯珂は体毛が薄い。それは下肢も同じで、欲望の根元に茂る叢《くさむら》もうっすらとしている。だから余計に、皮膚の色とは異なる内臓の色に近い性器と浅黒い鬼島の手の色がはっきりと目に入ってくるのかもしれない。

ジュ、ジュ、という音を立てて、激しく鬼島は灯珂を吸い上げ続ける。痛いほどに硬度を増し、目で見てわかるほど浮き上がった脈が疼《うず》く。

鬼島は頭を激しく上下させながら、視線だけは灯珂を睨みつけている。片方の目だけなのに、視線を逸《そ》らせない。心臓を素手で鷲掴みされ、伸びた爪で抉《えぐ》られるような痛みを覚えながら、確実に体は高ぶっていく。

「あ……」

頭の中で大きな鐘を打ち鳴らされているような感じがして、腰の奥には熱せられた塊があるようだった。その熱が疼き暴れどろどろに溶けだした瞬間、鬼島は先端に尖った歯を立てた。

「あああああ………っ」

自分でも驚くほどの甲高い声を上げながら、下肢に激しい波が押し寄せてくる。

まるで粗相でもしたような錯覚に陥ったあとで、やっと解き放たれた性器から、溜《た》まった欲望が溢れ出していたことを知る。

「ん……ふ、んっ」

白濁した液体で濡れていく欲望を指で擦る鬼島の唇の端からは、飲み干し損ねた残滓《ざんし》が零れ落ちていた。

それを手の甲で無造作に拭う鬼島の口元は笑っている。

「やはり美味《うま》いな。力が漲《みなぎ》ってくる」

満足気な言葉を聞いた瞬間、灯珂の心臓がきゅっと軋むように締めつけられる。鬼島とこんなことをするのは今日が初めてだ。にもかかわらず「やはり」と言うのはなぜか。

「どうして……」

だから改めて尋ねようとする。

「どうして？　それを聞くのはまだ早い」

鬼島は灯珂の疑問に気づきながら、あっさり流してしまう。そして羽織を脱ぎ捨てると、大きく開かれた胸元からは、鍛えられた腹に巻いている真っ白な晒しが見えた。貧相な灯珂の体とはくらべものにならない逞《たくま》しい体に見惚《みと》れる。

そんな鬼島は、たった今射精したばかりで脱力した腰をすっと撫でていく。

過敏になった肌は、他人の温もりにも反応して、解き放ったばかりの性器も再び力を取り戻してしまう。

鬼島は灯珂の反応を確認しながら、そこには触れることなく閉じていた膝を再び開き、そのままぐっと後ろに押し上げてきた。

「や…っ」

「嫌じゃねえだろう。ここを使うってのは、女たちに教えてもらっただろう？」

鬼島が触れてきたのは、性器を刺激されるたびにひっきりなしに収縮を繰り返していた腰の窄《すぼ》まりだ。

小さな襞《ひだ》の中心は、灯珂の解き放ったもので濡れているのだろう。微かにピチャピチャという音をさせながら、与えられる指の刺激に反応してしまう。

自分でも触れることがない場所が、鬼島に弄られることで変化していくのがわかる。縁を指の腹で撫でられ、襞を押し開くようにされるだけで、もどかしさが生まれる。そのもどかしさが快感に直結して、性器をまた勃起《ぼっき》させていく。

触れられていなくても腹の上で蠢いているのがわかった。

「それ……や、だ……鬼島さん……」

まともな思考は生まれず、頭の中は鬼島に与えられる刺激でいっぱいになっている。下腹は熱く、性器もまた硬くなっている。

無防備にすべてを今日初めて会った男に晒し、最も恥ずかしい姿を見られている。

「嘘言うんじゃねえよ。気持ちいいって、てめえのここが言ってる」

指で弾《はじ》かれた灯珂の欲望が、大きく揺れる。射精したのが嘘のようだ。

「違う……それは……」

「何が違うってんだ。お前自身よりここのほうが素直だな」

灯珂の言い訳にもならない言葉に肩を揺らしながら、鬼島は指を体内に挿入してきた。

「あ……っ」

ただ触れられているときとは違う。体の中を他人に触れられるという感覚は、独特のものなのだろう。腹の内側を指で刺激されると、性器が揺れて灯珂の腰が弾み、膝から先を無意識に伸ばしてしまう。

「ここがいいのか」

さらに指の位置を変えられると、別の悦楽が生まれる。

喉を反らし、「あ」と声を上げるのと同時に、目いっぱい高ぶった欲望の先端から我慢できない蜜《みつ》が溢れるのがわかった。

「おっと」

しかし鬼島の大きな手にそこを握られてしまう。

「な、んで……」

達《い》けると思って達けない状況に、灯珂は思わず頭を上げて鬼島を見つめた。

「あんたの出すもんは全部俺がもらうからだ」

「もらう、って……あっ」

鬼島はぐっと中まで入れていた指を引き抜いて腰を浮かせ、着物の裾を大きく開いた。

そして想像していたより遙《はる》かに大きな鬼島自身を導き出した。

「力抜けよ」

そしてその先端を、灯珂の腰に押し当ててくる。

「あっ」

「たっぷりお前から鋭気をもらう分、お前にも返してやらねえとだからな」

意味のわからない言葉を紡ぎながら、鬼島は己のものをじりじりと灯珂の体内に押し進めてくる。

「や、あ……ああっ」

とはいえ、すぐに挿《はい》っていくわけではない。先端だけ最初に潜り込んでいた場所を抉るようにしながら、内壁を捲《めく》り上げるようにして侵入していくのだ。

「や、だ……痛、い……あ、あっ」

灼熱《しゃくねつ》の棒に薄い皮膚を焼かれるような感覚に、灯珂は悲鳴のような声を上げる。腰が激しく上下して、足に力が入っても、鬼島は許してくれない。それどころか腰を改めて抱え直し、挿入しやすい体勢にすべくさらに高いところから穿《うが》ってきた。

「あ、ああ、ああっ」

最初は灯珂の体内が慣れるのを待つかのように時間をかけていたが、そうしても無意味だと思ったのか。乱暴に力任せに腰を押しつけてきた。

「や、……ん、ふっ」

頭を左右に振って背筋を這い上がる感覚をやり過ごそうとするが、それを上回る衝撃が襲ってくる。

「唇噛むなよ」

無意識に立てていたらしい歯に触れられた途端、条件反射のように鬼島の指を噛んでしまう。

「痛っ」

咄嗟に上がった鬼島の声と、指に滲む血を目にした刹那、灯珂の腰の奥で何かが大きく疼いた。

「ったく、せっかくお前から栄養をもらってるのに、ここで血を流してたら意味がねえだろうが」

喉の奥で笑いながら指の傷を嘗める鬼島の舌の淫らな動きに、灯珂の視線が吸い寄せられていく。

「どうした。やけに物欲しそうな顔をしているじゃねえか」

赤い舌に滲む血の赤に、背筋がぞくぞくする。

欲しい。

欲しい。欲しい。欲しい。

何が欲しいのかもわからないまま、灯珂は両手で自分の傷つけた指を求める。

「欲しいのか。俺の指が」

灯珂は夢中で頷いた。だが鬼島の問いの意味が理解できているわけじゃない。条件反射で頷いていただけだ。

そうすれば、欲しいものが与えられる。与えてくれるのだと、短い間でのやり取りで理解していた。

素直な灯珂の反応に気を良くしたのか、鬼島はあっさり指を与えてくれる。

とはいえ、すでに血は滲む程度で、舌を伸ばしても鉄の味がわずかにするだけだ。けれど他人の体液を味わった瞬間、体の奥深くにある鬼島の存在に対する感覚が変化した。

「……突然に締めつけてきやがったな」

鬼島にも伝わったらしい。眉間に皺を刻んだ。

「や」

同時に大きく脈動する。

「嫌じゃねえだろう。俺のことを食いちぎりそうだ」

鬼島は灯珂の体内の変化を楽しむように、ゆっくり腰を穿ってくる。

「あ、あ、あ」

鬼島自身が律動することで纏わりついていた内壁が擦られ、さらに深くまで抉られる。

「お前の匂いや鋭気を俺が欲しがってるのと同じで、お前も俺の体液が欲しいのか」

「何、言って……ん、ん、ん」

鬼島が何を言っているのか、灯珂にはわからない。理解させるつもりもないのかもしれない。困惑する灯珂を嘲笑うように、自分の性器をぎりぎりまで引き抜いていく。

「や」

無意識に体内を埋めていたものがなくなるのを恐れ、灯珂が下肢に力を入れるのを待っていたかのように、鬼島は思わせぶりに挿入してくる。

「うっ」

「欲しいんだろう、俺が。たっぷりくれてやるから、腹ン中でたっぷり味わえ」

激しく腰を上下させたのちに、鬼島は灯珂の体の奥で欲望を一気に迸《ほとばし》らせる。

何かが爆発したような衝撃と愉悦に、頭の中が真っ白になる。それから少し遅れて、鬼島によって阻まれていた灯珂自身も、そこに溜めていた熱を腹の上に放出させる。

「ん……」

ぐっと息を呑んで脱力する。

「おっと……せっかくのご馳走《ちそう》だ。零さないようにいただかねえとな」

余韻に浸る間もなく鬼島は己を灯珂の中から引き抜いて、腹の上に解き放った精液を一滴も残さないように嘗めていく。

ざらついた舌の感触が、灯珂のざわついた細胞を新たに刺激する。

「……っ」

咄嗟に身を捩る灯珂の腕を鬼島は摑んで、そのまま体を反転させてくる。

「待って……何を……」

するつもりなのかという疑問の答えは、すぐに与えられる。

うつぶせになった灯珂の腰を引き上げ、たった今まで鬼島自身を銜《くわ》えさせられていた場所に、舌を押し当てられたのだ。

「やめて……鬼島さ、ん――っ」

「やめろって言われてやめるわけがねえだろう？」

ふっと笑ったことで吐き出された熱い息が灯珂の尻にかかる。

懇願したところで、聞き入れてもらえないのはわかっている。それでも言わずにはいられないほどの強烈な羞恥だった。

鬼島は灯珂のそこを舌先で刺激しながら、形のいい双丘の薄い肉を左右に開き、より露わになっているだろう場所に口を寄せて吸い上げてくる。

「や、だ」

灯珂は頬を座布団に押しつけ必死に感情を堪えるが、鬼島がわざと立てているのだろう卑猥《ひわい》な音に体が呼応してしまう。

さらに鬼島は舌を外側だけでなく、中に押し入れてきた。鬼島自身とはまた異なる刺激に内壁は疼き、体内に吐き出された欲望を溢れさせてしまう。

「んん」

内股《うちまた》を伝ってくるとろりとした生温かい液体を、鬼島は指ですくって灯珂の肌に擦りつけてくる。

「お前の肌という肌を俺の精液でべとべとにしてやったらどうなるんだろうな」

絶対に冗談とは言い切れない発言に、灯珂は体を震わせる。鬼島は赤く染まる灯珂の反応に満足したように笑う。

「それでもお前からは、蕩《とろ》けそうに甘い匂いがするんだろうな。俺を翻弄《ほんろう》し体の内側から力を漲らせ無敵にする匂いを」

背中をべろりと嘗めてから、鬼島は十分に解《ほぐ》された場所に、いつの間にか高ぶった己の欲望を突き立ててくる。

「う、んん」

灯珂の体は驚くほどスムーズに鬼島を受け入れ、奥まで飲み込んでいく。そしてすべてを含むと自ら求めるように、鬼島を刺激するべく収縮してしまう。

「待ってろ。すぐに俺で満たしてやる」

鬼島は灯珂の髪を引っ張って顔を後ろに向かせると、食いつくように唇を貪《むさぼ》ってきた。

4

甘い香りが鼻を掠《かす》めていく。

お菓子の甘さとは違う。もっと毒々しく淫靡《いんび》さを醸し出す香りをたっぷり吸い込むと、全身が昂揚《こうよう》するような感覚が生まれた。

内臓が刺激され、鼓動が高鳴ってくる。

指先まで広がる甘さに、灯珂はゆっくりと閉じていた瞼を開いていく。焦点が合っていないせいか、霞《かす》んで見える視界に、煙管《キセル》を燻《くゆ》らせる男の姿が映り込んでくる。

窓の外は暗く、行灯《あんどん》の光だけが揺れる、濃厚な香りが満たされた部屋の中、浮かび上がる横顔の端整さゆえに、どこか幻めいて感じられる。

赤い炎のせいか室内全体が橙《だいだい》色に染まった空間で、膝を立て大きくはだけられた胸元の白さが浮き上がっている。凹凸のはっきりした眼窩《がんか》に生まれる影。瞬《まばた》きするたびに揺れる、色素の薄い長い睫毛《まつげ》。これが現実なのかそれとも夢を見ているのか、よくわからなくなる。

だから、夢か現実かを確かめようと手を伸ばした途端、痛いぐらいの強い力で手首を握り締められる。

その痛みより、肌に直接触れる温もりで、一気に意識が覚醒《かくせい》する。

「目ぇ、覚めたか」

間近に迫ってきた鬼島の顔を目にした瞬間、灯珂の心臓が大きく鳴った。驚いて起き上がろうとしたものの、腰から下が鉛のように重たかった。

「ん……っ」

「無理をするな」

鬼島は摑んでいた灯珂の腕を解放し、はだけた服の胸元を合わせてくれる。

「すみませ……」

感謝の言葉を紡ごうとするものの、発した声はガサガサだった。さらに自分の体に目をやった瞬間、驚きに息を吸った。

鬼島に遮られ、わずかにしか届かない行灯の光でも、己の胸元に広がる口づけの痕は鮮明だった。

元々の肌の色が白いせいもあるだろう。胸の突起や鎖骨の窪《くぼ》み辺りを中心に、赤味を帯びた場所を目で追うと、そこを這った鬼島の舌と唇の感触が蘇ってくる。

「……」

鬼島は灯珂の耳に口を押しつけ、伸びた舌で耳殻を探り耳朶《じだ》を甘く嚙んでくる。びくっと体を震わせるのを見て鬼島は囁く。

「思い出したか」

何をと言われずとも、灯珂の体が勝手に反応してしまう。閉じた足の間で疼く欲望に、鬼島の手が伸びる。

「やっ」

「さっきあんなに出したのに、また硬くなっているな」

背後から抱え込まれ、大きな手が胸に触れてくる。指の腹で軽く撫でられるだけで、散々弄られた乳首が反応してしまう。

「あ」

胸と下肢を同時に刺激されると、どれだけ虚勢を張っていても体の内側から溶かされてしまう。

力を入れた内腿が痙攣したように小刻みに引きつり、足の指がきゅっと丸まった。

竿《さお》に触れていた男の手が根元まで移動し、柔らかな袋を辿ってさらにその後ろに滑っていく。

これまで、自分自身でもほとんど触れることのなかったその場所は、柔らかく触れられるだけで過剰に反応しきゅっと窄まってしまう。しかしそんなふうに力を入れても、中心に突き立てられた指はあっさり中へ進んでいく。

「あ……あ、ん……っ」

内壁を擦るように指を動かされた瞬間、内腿がじわりと熱くなる。数時間前、鬼島が解き放ったどろりとした液体が溢れ出してしまう。

「まだ、欲しそうだな」

それを潤滑剤代わりにして、鬼島はさらに奥に指を進ませてくる。

「や、めて、くださ……いっ」

「やめねえよ。ここは俺の指を痛いぐらいに締めつけている」

呻くように言いながら、鬼島は剝き出しになった項《うなじ》に歯を立ててきた。

すでに髪飾りはすべて外れ、乱れた髪が顔を覆っている。

「痛……っ」

何度も執拗《しつよう》に吸われて色の変わった皮膚は、軽く尖った犬歯で皮膚が破ける。裂けた場所から滲む血液に吸いついてくる。

「あ……」

「甘いな、お前の血液は」

舌を押しつけそこを嘗め、強く啜《すす》った。

「や、あ……」

強い吸い上げで全身の血液が吸い取られていくような錯覚に陥る。頭がくらくらして目の前が霞んでくるのは、血を吸われているからではないだろう。

明かり取りの窓から見える空を見る限り、まだ夜は深いだろう。鬼島に初めて抱かれたあと解放されることなく何度貪られたのか。

二度解き放ったところで灯珂の記憶は飛んでいる。

あのあと、どのぐらいの時間が経っていたのだろう。それこそ一昼夜過ぎているのかと思ったが、そうではないらしいことは、灯珂の体が物語っている。

胸を弄られ下肢や尻を撫でられるだけで、肌がざわめき、頭の中が快楽を追い求めることでいっぱいになってしまう。

とはいえ、性交自体が快感となっているわけではない。かなり無理やり猛った鬼島を銜え込まされた場所は裂け、出血もした。指を入れられるとピリッとした痛みが生まれるし、ひりひりとしていて熱も持っている。

それでもその痛みを通り越した悦楽を体が覚えていて、それを求めてしまうのだ。

後ろから鬼島の入ってきた体の中の肉は、熱く燃えている。そこに灼熱の欲望を突き立てられた瞬間、目の前が真っ赤になるような衝撃を覚えた。

灯珂の意思がまったく届かない内壁は、狭い場所を無理やり押し開く異物を拒み押し返そうとしていた。しかしそれも最初だけだった。

乱暴に内壁を引きずられ抉られると、どんな抵抗も無意味になってしまう。そして鬼島にされるがままに体の中を突かれ抉られ掻き混ぜられ、どろどろに溶かされてしまった。

一度覚えてしまった快楽は、そう簡単に忘れられない。特に自分で触れることのない場所への刺激は、本能を掻き立てるのかもしれない。

だから指でそこを探られ引っかかれるだけでは足りず、気づけばもどかしさに無意識に腰を揺らしてしまう。

浅ましさを考える余裕も冷静な思考もない。何もかもが初めてで何もかもが衝撃的な上に、鬼島に触れられると、そこから抗おうとする気力が奪われていく。

「灯珂」

耳朶を嘗められ、先を尖らせた舌を挿入されながら名前を囁かれた刹那、電流のようなものが全身を走り抜けていく。

「あ……っ」

先ほどの余韻がまだ体中に残っているからだろうか、まったく体に力が入らない。立てた膝も伸びてしまい、鬼島にされるがままになっている。

戯れに弄られた欲望は完全に力を取り戻し、先端からいやらしい蜜を溢れさせている。後ろへの愛撫も指だけでは足りず、何度も収縮を繰り返している。

こんなふうに自分の体が反応するとはまったく知らずにいた。

日々、人の目を恐れ足元ばかり見てきた灯珂にとって、他人とこんなふうに触れ合うことなどあり得なかったからだ。

渡邊の家を離れたとき、自分の将来に待っているのは「死」だと信じて疑わなかった。

それなのに今、どうしてこんなことになっているのか。

「指だけじゃ足りないか」

わざと立てられるピチャピチャという猥雑な音にも灯珂の体は反応してしまう。耐えられない羞恥に肩を竦めた。

「我慢することはない。まだ夜は長いからな」

腰に手を添えられ軽く浮かされたかと思うと、指が引き抜かれた場所に指よりも太いものが押し当てられた。

「や……っ」

脳天まで突き抜ける衝撃に、咄嗟に逃れようと体を前に倒そうとした。しかしぐっと腰を引き寄せられ、鬼島の膝の上に完全に抱えられてしまう。

その瞬間、一気に猛った欲望が灯珂の体内に突き進んでくる。

「あ、ふ、う……っ」

「おっと……さすがに時間を考えろ」

咄嗟に上げようとした灯珂の声を抑えるべく、鬼島は指を口に差し入れてきた。舌を指で摘まれ堪えられない唾液が唇を伝って顎を辿り、首を濡らしていく。

「ん……んっ」

首を左右に振るたび、下から穿った鬼島自身がさらに灯珂の体の奥に侵入する。

「お前の中は最高だな」

灯珂の意思とは関係なく、鬼島を銜え込んだ体内が勝手に蠢いていく。

当初、異物でしかなかった熱の棒が、言葉にはし難い甘い疼痛《とうつう》を生む。

「もっと動け。欲しいだろう、俺が。気持ちよくなりたいだろう？」

目いっぱい広がった縁を指で撫でながら、肉の少ない灯珂の尻を左右に広げる。そこを軽く抉るように腰を揺らされると、触れられていない灯珂自身がぶるっと震える。

「や……だ……」

上げた灯珂の声は、甘えたようにしか思えない。全身を駆け巡る快感をやり過ごそうと、背中を弓なりに反らしたところで、鬼島の動きが止まった。

「え」

「嫌なんだろう？」

振り返って尋ねると、鬼島は思わせぶりに笑いながら灯珂自身を柔らかく愛撫する。

咄嗟に口をついた言葉が本気でないと、鬼島は当然わかっているだろう。それでもわざと動きを止める意地の悪さに、灯珂は恨みがましい目を鬼島に向けてしまう。

「そんな顔知らねえよ。どうしても欲しいなら、自分で動け」

「そんなっ」

会話している間も、体の中の鬼島が存在を訴えてくる。ドクドクと強く脈動するたび、灯珂の体の中で何かが変化していく。そして鬼島の脈動と自分の鼓動が重なる。

「動かなかったら、ずっとこのままだ。それでもいいのか」

「ん……っ」

鬼島は天を仰ぐ灯珂自身を手の中に包み込んで、先走りの蜜を溢れさせる先端を指で封じてくる。

「や、だ……」

「嫌だ嫌だと言ってるだけじゃ、何も変わらねえぞ」

　鬼島はおもむろに灯珂の膝の裏に手を差し入れ、膝を左右に大きく開いてきた。必然的に高ぶった灯珂自身が晒され、二人が繋がった場所も露わになる。

「何、を……ああ」

　そのまま体を引き上げられ、体内にあった鬼島がずるずる内壁を擦りながら抜けていく。咄嗟に鬼島を逃さんと、下肢に力を入れた瞬間、腰を一気に落とされる。

「んんん……っ」

　背筋を這い上がる強烈な感覚に、声を上げることすらできない。

「や、あ、んんっ……あ、あ、あっ」

　そのまま何度か上下されると、何も考えられなくなった。窄まったところに猛った鬼島が侵入し、その形に馴染《なじ》もうとする肉を引きずるように、またぎりぎりまで引き抜かれる。縋るものもなく不安定な状態で抽送され続けているうちに、思考は千々に乱れ体内にある鬼島だけに集中していく。

「達けそうか」

　項に舌を這わせながら鬼島が聞いてくる。解放された灯珂自身は、体を上下させられるたびに激しく弾み、堪えられない欲望を溢れさせ続けている。

すでに達くも何もと思いながらも、灯珂は問われるままに繰り返し頷いた直後、一際勢いよく腰を落とされた。

ぐっと腹の奥から串刺《くしざ》しにされるような感覚――もちろん、これまでにそんな経験はないが、他にたとえようがなかった。

背骨を貫いて脳天まで突き抜けたような刺激に、解放されて伸ばした灯珂の両足が痙攣したように小刻みに震えた。

射精とともに全身から力が抜け落ちていくようだった。余韻に浸る間もなく腰から鬼島が引き抜かれ、その場に仰向けに横たわらされる。

腹を上下させ荒い息を続けていると、解き放ってなお硬さを完全には失っていない欲望に、鬼島は再び手を伸ばしてきた。

何をするのかと思った直後、鬼島は灯珂自身を再び口に銜え込んでいく。

何度も扱《しご》かれ赤く濡れ敏感になったそこは、軽く舌を押しつけられるだけで痛いぐらいに張り詰める。

「や、だ……痛い……もう、やめて……くださ、い」

両手で鬼島の頭を押し返そうと指を立てるが、びくともしない。それどころか口いっぱいに灯珂を頬張って、解き放った欲望のすべてを啜られ嘗められる。

「そ、れ……や、あ……んん、ん……っ」

ざらついた舌を押しつけられ、先端を吸い上げられる。すでにもう何度射精したかもわからないのに、まだ疼いているのがわかる。

「まだ元気だな」

鬼島に揶揄するように言われると、羞恥で逃げ出したくなる。

「やめて……言わないでください」

両手で顔を覆おうとした。しかしその手を鬼島に捕らえられる。

「見てろよ、全部。自分が俺に何をされているか」

そして灯珂に足側から跨《またが》り、濡れた唇を嘗める淫《みだ》らな舌の動きに、見入ってしまう。その舌が、灯珂の腹に飛び散った残滓を拭っていく様すらも追いかけてしまう。

嫌なのに、恥ずかしくて仕方がないのに、灯珂は鬼島の一挙一動から目が離せない。

「美味い……最高に美味い」

鬼島は満足気に言う。

「お前の唾液も血液も美味い。だが精液は格別だ」

舌全体を肌に押しつけ、犬や猫のように肌を嘗め尽くされる。性器の周辺だけでなく、内腿や足のつけ根、臍《へそ》の周辺から脇《わき》まで、嘗められていない場所がなくなっていく。

「その証拠に、見てみろ」

さっき灯珂の体内に解き放ったばかりにもかかわらず、はち切れんばかりに勃起した自分の欲望を灯珂の顔の前に晒してきた。

目で見てわかるほど強く脈動している。

これが、灯珂の体内で蠢き、剝き出しの欲望を擦り熱く溶かしたものだ。改めてその感覚を思い出すと、口に唾液が溢れてきた。

「欲しいか」

節ばった太く長い指で、鬼島は猛った自身を巧みに扱いていく。浮き上がった脈、濡れた淫らな皮膚に濃い叢――強烈に性的な興奮を呼び覚まさせる淫靡な存在が、見る見る高ぶっていく。

灯珂と同じく、何度も解き放っていても、鬼島の欲望は限界を知らないのかもしれない。萎《な》える様子を見せるどころか、より硬く猛っているように感じられる。

「欲しいか」

鬼島はさらに前に移動し、己の欲望に手を添えた。先端を顎に擦りつけられると、火傷《やけど》しそうな熱が伝わってくる。咄嗟に顔を背けるが、背けた側に鬼島は灼熱の性器を移動させる。

「欲しいんだろう?」

次に向けられる言葉は、もう疑問ではなかった。灯珂の心を見透かしたかのような断定に、腰が疼いてしまう。

「我慢するな」

濡れた先端を唇に押しつけられ、無理やりにそこをこじ開けられる。そして猛ったものを乱暴に押し入れられた。

「ぐ……ん、んっ」

下肢に欲望を突き立てるときと同じで、鬼島は一気に猛ったものを喉のほうまで押し入れてきた。

「んーんー」

込み上げる嘔吐《おうと》感に涙が溢れる。鬼島は何もかもわかっていて、そのまま激しく欲望を上下させてきた。

「歯を立てるんじゃねえぞ」

顎を痛いぐらいに摑まれると、溢れる唾液を飲み干すことができなくなる。

まさに、されるがまま。

苦しくて辛いのに、灯珂は抗えない。体の上に鬼島が跨っているからではなく、「そうされる」ことをどこかで悦《よろこ》んでいる自分がいるのがわかっていた。

動きを封じられ無理やりに体を開かれ、絶頂へ導かれる。

口の中でさらに大きくなった鬼島が、動きを速くする。

「ふ、うん……っ」

気づけば灯珂自身もまた熱を集め、舌を自ら動かして鬼島を愛撫している。

両手を鬼島自身に添え、自分から頭を動かしていく。

「そうだ……舌を使え。先端を吸って……そうだ……」

ドクンと脈打った鬼島は、己のものを乱暴に灯珂の口から引きずり出した。

そして顔に向かって欲望を迸らせる。

「……あ」

一瞬、何が起きたのかわからなかった。

灯珂は瞬きを繰り返しながら、手を頬に添える。

指を汚すのは、鬼島の解き放ったものだ。

「嘗めろ」

言われるままに灯珂は指を嘗める。

美味《おい》しいはずがないものが、やけに甘く感じられた。鬼島の放ったもので穢《けが》された自分の体が愛《いと》しく思えてくる。

「美味いか」

だから尋ねられるままに頷き、次を指示される前に、体を起き上がらせて鬼島の淫らな性器に舌を伸ばす。そこに纏わりつく鬼島の精液を嘗め、先端から貪りついていく。

また大きくして、硬くしたい。

「欲しいのか」

鬼島に問われてなんの躊躇もなしに応じると、髪を引っ張られて欲望から引き剝がされる。

「なん、で」

もっと嘗めたいのに。

鬼島は恨めし気に訴える灯珂の額に残る自分の欲望を指で拭い、それから横向きの状態で上にある足を抱えた。

「あ」

そして前触れもなく自身をそこへ挿入してくる。

「あ、あああ……っ」

驚くほど容易に鬼島自身が灯珂の体内に進んでいく。まるで最初からひとつだったかのように二人の体が重なり合う。

「あ、んんっ」

体勢を変えながら突き上げる鬼島の動きに合わせ、明らかに甘さを孕《はら》んだ声が灯珂の口から溢れてきた。

「気持ちいいか」

指で唇を撫でられる。

「はい」

素直に答える。

「もっと気持ちよくなりたいか」

続けて問われ灯珂は頷いた。

「もっともっと……気持ちよくなりたい」

「そうか」

灯珂の返答に笑った鬼島は、激しく灯珂を攻めていった。

5

屋敷の庭で獣に出会ったあと、僕は何度か庭を探して回った。

直後は夢かと思ったが、夢でないことは腕に残っていた指の痕《あと》が物語っていたからだ。

鋭い視線と浅黒い肌、全身に漲《みなぎ》らせた殺気のようなものに怯《おび》えつつも、その裏に隠された悲しみや寂しさが忘れられなかった。

もちろん当時四歳だった僕は、明確に「寂しさ」や「悲しみ」を理解していたわけではない。

とにかく、相手よりも一回りも二回りも小さな子どもに縋《すが》らざるを得なかった姿に、どうしようもない感情が生まれていたのだ。

大きな指が腕に食い込む感覚。

震える声。

泣きそうで泣けないように見えた瞳《ひとみ》。

前に庭で小さな猫を拾ったときのことを思い出した。

痩《や》せていたけれど懐いてくれて、誰《だれ》にも言わず牛乳をやっていたけれど、数日後に見に行ったら冷たくなっていた。あまりの悲しさに僕は泣いた。使用人に話したら、空の星になったのだと教えてくれた。そして一緒に土に埋めた。

大きな獣に出会ったとき、空の星になってしまった猫を思い出したのだ。

あのまま冷たくなっていたらどうしよう。

死んでしまったらどうしよう。

空の星になっていたらどうしよう。

でも、どこを探してもいなかった。一緒に猫を埋めてくれた使用人に、獣がいなくなったのだと訴えた。そうしたら彼は言った。

『元気になってどこかに行ったのでしょう。いつかきっと、お礼をしに会いに来てくれるでしょう』

その言葉に僕は嬉《うれ》しくなった。

小さい猫と違ってあの獣は生きている。そしていつかまた自分に会いに来てくれるのだと思ったら、本当に嬉しかったのだ――。

「……様、灯珂《とうか》様」

繰り返し呼ばれる名前に重たい瞼《まぶた》を開くと、心配気な表情の百《イーバイ》の顔が見えた。

「百……」

「よかった。お気づきになられて」

鬼島《きじま》が灯珂を連れていこうとしたとき、声をかけてきた百もまた、かろうじて服の状態を保っているだけのボロボロの布を纏《まと》っていた。

しかし今は違う。

伸び放題だった髪は短く切り揃《そろ》えられ、質素ながらも仕立ての良い立て襟の長衣とズボンを身に着けていた。油と泥で汚れていた指先も、綺麗《きれい》に洗われている。

寝台に横たわらされて改めて見回した部屋は、見知らぬ景色だった。

「ここは……」

「鬼島様の見世《みせ》の奥にある離れの一室でございます。これから、灯珂様はこの部屋で過ごされるようにとのことです」

「僕の部屋……」

朱塗りの柱で天井は高く、床には艶《つや》やかな絵柄を織り込まれた絨毯《じゅうたん》が敷かれている。

灯珂が寝ている寝台も豪華な装飾が施され、褥《しとね》は柔らかくふかふかしていて、雲の中に寝転がっているような感じがした。

「そうです。この先見世にも出られる必要はないとのことです」

続く百の言葉で、灯珂の意識が一気に覚醒《かくせい》して、その場に起き上がろうとする。しかし強烈な眩暈《めまい》と頭痛に襲われた。

「無理をされますな。今はとにかく体を休ませてください」

百の手を借りて再び横たわる。

「……僕は、どうやってこの部屋に？」

尋ねると百は眉間《みけん》に皺《しわ》を寄せた。

「それは……」

「いいよ。正直に話して」

灯珂が言うと、百は渋々口を開く。

「深夜……いえ、もう明け方と言ってもおかしくない時間でした。鶏が鳴いていましたので……私の寝ている部屋に鬼島様の使いの者から呼び出しがございまして、言われるままに参りましたところ、灯珂様が寝ておいでででした」

「それで？」

「鬼島様に、こちらの部屋に移動させるように言われまして、最初の使いの者の案内で私が連れてきました」

「うん」

「それから、お体を清めまして夜着に着替えさせて……」

「わかった」

答えて灯珂は両手で顔を覆う。

状況を詳しく百が言わないことで、かえって想像ができてしまう。

刺繍《ししゅう》の施された中華風の夜着の大きく開いた胸元からは、昨夜の情事を思い起こさせる痕が見えた。

灯珂は咄嗟《とっさ》に胸元を合わせる。

「ありがとう」

「お礼を言われるようなことではありません。私は……」

「お前には最低なところを見せてしまって申し訳ない」

「灯珂様……」

言葉を遮った灯珂の手を百は摑《つか》んでくる。

「謝るのは私のほうです。私がいながら灯珂様をこんな目に遭わせるなんて、あまりに不《ふ》甲斐《がい》なくて……」

絨毯に膝《ひざ》をついて訴えてくる百の言葉を、灯珂は不思議な想いで聞いていた。

「別に百が謝る話じゃないだろう」

「いいえ。私の責任です」

おそらく、渡邊《わたなべ》の家に来る前から、百は灯珂のそばにいた。庭で見つけた子猫の亡骸《なきがら》を一緒に埋めたのは、多分、この男だった。

そんな男がどうして灯珂と一緒に渡邊の家に来たのか。この男は元々何者なのか。

「私がおそばにいながら、情けなく思っています」

灯珂の手の甲に額を押しつけながら、百は全身を震わせている。

「僕はどんな状況だった？」

問いかけた刹那《せつな》、百は体を強張《こわば》らせる。

「それは……」

百が言い淀《よど》む。

「昨夜《ゆうべ》の記憶が曖昧《あいまい》なんだ。だから……」

「それは当然です」

百の口調が強くなる。

「私が部屋に訪れたとき、あの部屋に阿片《あへん》の匂《にお》いが満ちていました」

「阿片？」

「残り香だけで噎《む》せ返るようでした。あんな場所に長時間いたら、記憶がなくなっても当然です」

「阿片……」

部屋に満たされていたあの甘い香りは、微《かす》かに覚えていた。渡邊の家でも、使用人たちが隠れて吸っていた。あの香りだったのか。

だが阿片だったのなら、昨夜の自分の状況にも説明がつく。

記憶が曖昧になるだけではなく、初めての男との情交にもかかわらず、あそこまで快楽を覚えるわけがない。阿片に酔っていたのなら、それも仕方がないと言い訳ができる。

でもそこで疑問になる。果たして鬼島も酔っていたのか。

灯珂の体液を吸う鬼島はどこか獣めいていた。だが記憶にある限り、発せられる言葉は明瞭《めいりょう》だった。

「とにかく、待っていてください、灯珂様。この百が、必ずお助けいたします」

灯珂に対して百が宣言する。

「助けるって、そんなこと……」

「失礼します。灯珂様」

どういうつもりなのかと問おうとしたとき、部屋の外から声が聞こえてくる。灯珂の指示で百が扉を開けると、高埜《たかの》が立っていた。

「高埜さん、何か」

鬼島の用だろうかと思った瞬間、心臓が軋《きし》み上がる。

「旦那《だんな》様から灯珂様へ託《ことづか》った品をお届けに上がりました。中に入ってもよろしいでしょうか？」

この間と異なる丁寧な物言いに、なんだろうかと思いながらも許可をすると、高埜は自分の後ろにいた使用人たちに合図する。それも一人や二人ではなかった。

灯珂に与えられた部屋は決して狭くはない。寝台や箪笥《たんす》、机などの家具を置いても、一人で過ごすには十分な広さがあった。

その部屋の床が、運ばれてきた物であっという間にいっぱいになった。

「これは……」

「旦那様が取り寄せられた、東西の様々な衣服に宝飾品でございます。灯珂様にお似合いになるだろうと、旦那様自ら選ばれた品です。灯珂様にお見せしてから、別室に設けました箪笥や棚に片づけておきます」

「灯珂様……」

百は驚いた様子で、手元に置かれた箱の中に入っていた物を、灯珂の寝ている寝台まで持ってきた。それはこれまで目にしたことのない大きな翡翠《ひすい》の首輪だった。

それだけではない。細かな細工のされた、おそらく外国からの高級な宝飾品が、まるで一山いくらのような状態で部屋に置かれていく。着物も同様だ。男性用、女性用問わず、一目で質の良さが感じられる物ばかりだ。

「こんな……高価な物、受け取れません」

灯珂は戸惑いながら高埜に訴える。

自分はこんな物を贈られる立場にない。

当初、罪人として売られた自分は、鬼島に奴隷として買われたのだと思っていた。そうしたら、酌婦として客を取れと言われて着飾られて、待っていた灯珂の前に現れたのは鬼島だった。

それから体のすべてを絞り尽くされるように抱かれたのが昨夜の話だ。あれからまだ数時間しか経っていない状況で、どうしてこんなことになるのだろう。

「そうおっしゃられましても、私は旦那様から仰せつかっただけです。お断りされるのであれば、直接旦那様におっしゃってください」

高埜は我関せずといった風情で、一通りの箱の中身を灯珂に見せてから、「別に設けた」

という部屋へ移動させていく。

そして続けて、大きな机とともに豪華な料理が運ばれてきた。

それこそ、金や朱、藍《あい》色の彩色の施された豪華な皿に、目もくらむような艶やかな盛りつけをされていた。

中華や和食のみならず、西欧風だろう料理まで様々だ。

「宴会でも始めるんですか？」

「いいえ」

灯珂の問いを高埜はあっさり否定する。

「これらはすべて灯珂様のためのお食事です」

「そんなばかな」

あり得ないしわけがわからない。

「下げてください。こんなにたくさん食べられません」

「それはできません」

「どうしてですか」

「先ほども申し上げたように、私は鬼島様から仰せつかっただけです。何かあれば、直接鬼島様におっしゃってください」

高埜の返答は先ほどと同じだ。灯珂が何を言おうと意味はないらしい。

「わかりました」

百の手を借りて起き上がった灯珂は、ぐっと拳《こぶし》を握り締める。

「それなら直接鬼島さんに話をするので、すぐにここに連れてきてください」

「それは無理です」

「どうしてですか」

「旦那様はお仕事中ですから」

「だったら、僕が直接鬼島さんに会いに行きます。それならいいですか」

「それもできません」

高埜の慇懃《いんぎん》無礼《ぶれい》な態度に我慢の限界が訪れる。灯珂は体のだるさを堪《こら》えて寝台を下りて綺麗に飾られた机の前に立つと、白い敷物を勢いよく引っ張った。

「灯珂様、何を……」

高埜が慌てたときには、すでに遅し。そこに置かれていた料理や食器のすべてが床に散乱し、物によっては派手な音を立てて割れてしまう。そして割れた皿の破片が灯珂の手の甲を傷つける。

「手に傷が……」

灯珂は血の滲《にじ》むそこを、高埜の顔の前に差し出した。

「これだけの品を贈ってきてくださるということは、鬼島さんは僕を大切に思ってくれているんですよね？」

「それはもちろんです。ですからすぐに手当てを……」

高埜の返事を聞いてから、灯珂は破片を拾い上げて、自分の手首に押し当てた。

「何をなさっているんですか！」

「料理と品物を、すべて片づけてください。そうしてくださらないのであれば、僕は自ら自分の手首を切ります」

灯珂は手にした敷物を床に放り投げ、高埜に挑戦的な視線を向ける。

渡邊の家で過ごしていたときは、人の目を避け人に言われるままに生きてきた。こんなふうに強気な態度で相手に接したこともなければ、誰かに対してこんなふうに怒ったこともない。

大体、日々生きている実感もなく、生きていたいとも思っていなかった。

今も生きたいと思っているわけではない。

ただ、わけのわからないこの状況に納得がいかなかった。

「おやめください。そんなことをされたら、私が旦那様に叱《しか》られます」

「片づけてくれさえすればやめます」

この状況で灯珂が抑揚のない口調で言っても、高埜は「ですが」と弁解しようとする。そんな相手の言葉を灯珂は遮った。

「改めてお願いします。僕には、鬼島さんからこんな物をいただく理由がありません」

「ですから、旦那様は灯珂様にお似合いになるだろうと思って」

「それならひとつあれば十分です」

灯珂自身、自分が何に苛立《いらだ》っているのかはっきりわかっていない。ただとにかく憤りを覚えていた。

「鬼島さんが僕に一番似合うと思う品を、ひとつだけくださいと伝えてください」

「ですが」

「貴方《あなた》たちが怒られるというのであれば、すべての責任は僕にあります。僕に脅されたのだと言えば済むでしょう？」

硝子《ガラス》の破片を皮膚に押しつけると、そこからわずかに血液が滲んでくる。

「僕は本気です」

「灯珂様……っ」

強気に出ると、高埜も諦《あきら》めたらしい。

「わかりました……すべて片づけなさい」

高埜は灯珂の申し出を受け入れると、部屋に飾り立てた贈り物と料理のすべてを片づけるように指示する。

「無理を言ってすみません」

灯珂が一応謝ると、高埜は眉間に指をやって首を左右に振った。

「旦那様がどういう反応をされるか、私にも想像がつきません」

大きなため息混じりに呟《つぶや》かれる言葉は、まさに高埜の本音なのだろう。

「覚悟しています。言いたいことがあるなら、直接言いに来てくださいと、鬼島さんに伝えてください」

部屋を出ていく高埜に訴えると、彼は何か言いたげに唇を動かしながら、ぐっと噛《か》み締めた。

再び百と部屋に二人だけになってから、灯珂は緊張の糸が切れたように、寝台に腰を下ろす。

「灯珂様！」

「心配しないでも大丈夫。気が抜けただけだ」

「大丈夫ではありません」

百は強く言うと、背中側に隠していた腕を摑んだ。そして手の甲に滲む血を目にして眉間に皺を寄せる。

「あ、ああ。こんなのかすり傷だから」

「駄目です」

百は部屋にあったもので手際よく灯珂の手の甲を手当てする。

「無茶をされないでください。相手は人々から恐れられている鬼です」

当然のように百は鬼島を「鬼」と称する。

「鬼島さんは本当に鬼なんだろうか」

「鬼以外のなんだと言うんですか」

百は間髪を入れることなく断言する。

「あんな目に遭っていて、どうして灯珂様はあの男が鬼でないと思うんですか」

「百こそ、どうしてそんなふうに嫌悪感を露《あら》わにしている？」

「それ、は」

「百は、今朝《けさ》僕の面倒を見るために鬼島さんに呼び出されただけだろう？　それなのにどうして……」

「他の使用人に聞いたからです」

「何を？」

「鬼だという証《あかし》です……」

それはどんな証なのか。

「あの眼帯の下がどうなっているかご存知ですか？　鬼になるために、自分の目を売ったっていう話です」

百は手当てを終えた灯珂の手を摑んでくる。

「灯珂様、一刻も早くここから逃げましょう」

「逃げるってどこへ？」

「それはあとから考えます」

「でも、この街で鬼島さんの息のかかっていない場所なんてあるのかな」

灯珂の問いに百は一瞬口籠《くちごも》る。しかしすぐに続ける。

「なんとかなります。下手に逆らったら殺されてしまうんだそうです。だからそうなる前に逃げましょう」

「殺される……？」

「そうです。昨夜のようにこの先阿片を使われ続けたら、確実に死に近づいていきます」

死に近づく——百の口にした言葉を繰り返して声に出してみる。

これまで、生きた心地などしていなかった。かろうじて生きていたかもしれないが、生きていることの楽しみなど何もなかった。それこそいつ死んでもおかしくない状況に置かれていた自分が「殺される」という。

「何がおかしいんですか」

「僕、笑ってた？」

頷《うなず》く百の様子で、灯珂は自分が笑っていたことに気づく。そして思いついた言葉を口にする。

「言うことを聞かせるつもりで阿片を使っていたなら、僕が死ぬ前にあの人が死ぬんじゃない？」

「そんな暢気《のんき》なことを言って……」

「あの人になら、殺されてみたいかも」

「灯珂様、一体何を……」

百が驚きに声を上げるとほぼ同時に、部屋の扉が勢いよく開いた。そして聞こえてきた言葉に、百は完全に動きを止めた。

「誰に殺されてみたいって？」

地を這《は》うがごとく低く通る声に、その場の空気がぴんと張り詰める。

扉の向こうに立っているのは、「鬼」こと鬼島だ。これまでとは違う洋装姿で、髭《ひげ》は手入れされ長い髪は頭の後ろでひとつにまとめられていた。

それだけのことで、まったく雰囲気が変わってしまう。

昨夜、見世の部屋で会ったときも、質のいい羽織を羽織っていたが、今目の前にいる姿とは明らかに異なっている。

それでも変わらないのは内側から滲み出るような艶だ。

灯珂は思わずそんな鬼島を凝視する。

「鬼島さん……」

『お前、百といったか』

『は、はい』

灯珂が名前を呼んだのは無視して、鬼島は百に語りかける。それも、百が使っている言語でだ。

その瞬間、全身を震わせた百はその場にしゃがみ込んで頭を下げる。

『灯珂との会話、聞かなかったことにしてやる。何を言っているかわかるな？』

口調は穏やかながら、有無を言わさぬ声音に百の全身が強張った。

『申し訳ございません』

謝罪の言葉を口にする百の前に鬼島がしゃがみ込むのを見た瞬間、灯珂の体が無意識のうちに動いていた。

そして百との間に割り込む灯珂の姿を目にして、鬼島は振り上げた手をその場で止めた。

「何をしている」

一際低い声で問われ、灯珂の心臓が早打ちを始める。洋装をしていようと、鬼島から放たれる業火のような怒りの炎は変わらないらしい。むしろ、穏やかな紳士然と見えるから余計に、滲み出てくる怒りに空恐ろしさが感じられる。

「百は何も悪くありません。僕の言うことに従っているだけです」

「逃げる算段もか？」

一体いつから部屋の外で話を聞いていたのか。地獄耳なのか。こういうところも、「鬼」と称される所以《ゆえん》かもしれない。

「――そうです」

一瞬の躊躇《ちゅうちょ》のあとで肯定する灯珂の表情を眺めてから、鬼島は太い腕を不意に伸ばしてきた。そして傷を覆っていた布を解き、傷口を晒《さら》す。

「痛……っ」

「お前は俺が買ったんだ。俺のものに勝手に傷をつけられては困る」

そう言いながら、傷口に噛みついてくる。

「あっ」

「灯珂様……っ」

灯珂の背後で百が立ち上がる。しかし灯珂の肩越しに鬼島に睨《にら》まれたのだろう。瞬時にその場でしゃがみ込むのがわかる。

『お前の主人が身を挺《てい》して庇《かば》っている。俺がこうしている間に、とっとと部屋を出ていけ』

流暢《りゅうちょう》だからこそ威圧感のある言葉を向けられた百が、どんな表情を見せているのか、灯珂には容易に想像ができた。

そして百が逃げるように部屋を出ていく姿も想像できた。

扉の閉まる音がするのを待って、鬼島は灯珂を寝台の上に押し倒してきた。

「……っ」

何をするのかと思う間もなく、鬼島は灯珂の体に馬乗りになり、大きな手が首に伸びてきた。

何をするつもりか問うまでもない。

「俺の贈った物をすべて突き返したそうじゃないか。何が気に食わない？」

「——奴隷じゃないんですか、僕は」

添えられた指の太さに戦《おのの》きながら、灯珂は震える声で訴える。

「奴隷の僕は、あんな高価な物をもらう立場にはありませ、ん……っ」

灯珂が最後まで言い終える前に、指の力が強まった。

「何、を」

「俺に殺されてみたいんだろう？」

喉仏《のどぼとけ》の上に添えられた親指にぐっと力が籠る。

「……っ」

「こうして少し力を入れるだけで、あっという間にあの世行きだ」

灯珂を見下ろす鬼島の口角がゆっくり上がっていく。見ようによっては笑顔だ。しかし灯珂を見る目は笑っていない。

息が苦しい。

顔が紅潮し、手足が無意識にばたつく。鬼島の指を引き剝《は》がそうとしても力が入らない。目の前が銀色に光って頭がくらくらしてきた。

「……っ」

「だが……そう簡単には殺さない。お前は大金をかけて買ったんだからな」

このまま本当に死ぬのかもしれない。

鬼島に殺されるのかもしれない。

そう思ったが指から力が抜けて、一気に酸素が入り込んでくる。

「……ゲホッ」

上手く呼吸ができず、灯珂は体を横に向けて何度か咳《せ》き込んだ。だがそれですべてが終わったわけではなかった。

鬼島は一旦咳《せき》が落ち着くのを待って、灯珂をうつぶせにすると、夜着の裾《すそ》を捲《めく》り上げてきた。

そして剝《む》き出しの腰を撫《な》でられた瞬間、鬼島が何をするつもりか理解した。

「やめ……あああっ！」

そこで抵抗してもすでに遅く、あっという間に散々鬼島に嬲《なぶ》られた場所に彼の欲望を突き立てられてしまう。

「あ、あ、あ……っ」

「だが、万が一殺さねばならないときには、こうしてヤリ殺すことだって可能だ」

頭を褥に押しつけられ、腰だけ高く突き上げさせられた状態で、鬼島が己の高ぶりを激しく抽送させてくる。

なんの準備もなく挿入されたせいで、強烈な痛みが瞬間的に生まれる。しかし明け方まで慣らされた体は、律動を繰り返されるうちに鬼島自身に馴染《なじ》んできて強烈な快楽を生み出してくる。

「や、……だ……っ」

首根っこを押さえられたまま必死に振り返ると、自分を凝視する鬼島の顔が目に入ってきた。

口角を上げ冷ややかな笑みを浮かべながらも、目は笑っていなかった。鬼島は明らかに怒りながら、乱暴に灯珂自身にも手を伸ばしてきた。

強く揉《も》みしだかれると、生理的反応であっという間に高ぶってしまう。

「鬼島さん、やめて……」

「俺に殺されたいんじゃなかったのか」

「ああ……っ」

一際強くなった律動に、灯珂は悲鳴に近い声を上げた。

「あ……ん、……っふ、う、ん、ん、ん」

剝き出しの尻《しり》を強く叩《たた》き、左右に開いた場所に欲望を突きつけながら、鬼島は傷ついた灯珂の手に自分の手を添えてくる。一瞬優しく撫でてから、爪《つめ》を突き立ててきた。

「痛……っ」

「改めて言う。お前は俺の所有物だ。そんなお前の体は髪一本ですら自分の意志でなんとかできると思うな」

「あ、あ、あ」

体のすべてを鬼島に蹂躙《じゅうりん》されていくような気持ちになる。傷口から、腰の窄《すぼ》まりから、鬼島が自分の中に入ってくる。

「お前は籠《かご》の中の鳥と同じだ。だから与えた料理を食って、美しい服で自分を着飾って俺のために笑って俺に抱かれろ」

籠の中の鳥。

雁字搦《がんじがら》めになっていく姿が容易に浮かぶ。

「どうしても死にたいなら、いつでも、鬼と呼ばれている俺が確実に殺してやる。だが俺が満足するまでは、俺の鳥でいろ」

思考が千々に乱れ、頭の中が快楽で満たされ、喉を圧迫する力も強くなった。

「ん……ふ、うう……」

だらしなく開いた口から酸素が取り込めず、意識が遠くなる。本当にこのまま死んでしまうのかもしれないと思って怖くなった瞬間——指が解放されるのと同時に、一気に頂上へ到達する。

急激な吐精感に頭の中が真っ白になる。

全身に広がる安堵《あんど》感に、灯珂は初めて「生きている」ことを実感した。

6

翌朝、目覚めたとき、灯珂は自分がどこにいるのかすぐには理解できなかった。

部屋の中を見回してみれば、昨夜から同じ部屋にいるのだとわかる。では何が違うのか。

寝台の上でしばし考えてもすぐには理解できなかった。

家具も何も変化はないのに、違って「見える」。

寝台を下りようとした瞬間、膝から力が抜け落ちる。咄嗟に体を支えながら、窓まで歩いていく。しかし開けようとするが施錠されていた。他の窓も同じだ。鍵《かぎ》を開けてもらわねば、内側から開くことはできない。

枠に嵌《は》められた格子を摑み、硝子越しに外の景色を眺める。

街中を忙しく歩く人々の姿が眩《まぶ》しく感じられた。それから見上げた空の青さが胸に染みた瞬間、改めて実感する。

——生きている。

昨夜、鬼島に首を絞められたとき、すぐ手の届くところに「死」があった。それまでも、生きている実感はなかったし、ただ「生きている」だけだった。

「今」と「前」の感覚が、何がどう違うのか。端的に言えば「死」が怖くなったことかもしれない。

これまで、死は常に隣り合わせにあったように感じていた。いつ死んでも構わないと思っていたし、死ぬかもしれないと思ったことは多い。

でも昨夜、呼吸ができなくなり、視界が霞《かす》んだときに感じた「死」と、これまで感じていた「死」は違ったのだ。

それからもうひとつ。

空の青さに気づいたのもある。

何を今さらと言われるかもしれない。これまでもずっと空は青かった。でも空を見る余裕も、空の青さが胸に染みることもなかった。

生きているということは、ただ呼吸をするだけではない。

手当てされても痛みを覚える手の甲の傷も、全身に残っている昨夜の情事の痕を見て覚える感情もすべて、灯珂にとって生きていると実感できる事柄だった。

考えてみたら、灯珂は痛みにすら鈍感になっていた。体はもちろんのこと、心の傷にも。

物心ついたときにはそれまでの記憶がなく、両親もいなかった。言葉が通じる人もほとんどいない中で、ひたすらに虐げられる人生を続けているうちに、何もかも麻痺《まひ》してしまったのだろう。

その他にも変化があった。

部屋に運ばれてきた食事を口にしたとき、美味《おい》しいと思えたのだ。

昨夜から何も口に入れていなかったせいで、空腹だったのも理由のひとつかもしれない。

灯珂にしてみれば、空腹を覚えるという感覚ですら、初めてに等しいものだった。

渡邊の家で過ごしていた頃、常に腹が空《す》いていた。だから腹が空いていることに気づけずにいたのだ。

与えられる食事を美味《うま》いと思わなくなっていたのは、それまでに至る状況がひどかったからかもしれない。今の年齢になるまで生きている以上、生命を維持するのに必要な食事は与えられたのは間違いない。

だが食事に楽しみを覚えたことはなく、食べるという行為が辛《つら》かった記憶しかない。あらゆる感覚が麻痺していたのだろう。

食事を終えたあと、用意された着替えの服にも感動した。膝丈の長袍《チャンパオ》は、派手ではないが質の良い生地で仕立てられているし、幅広のパンツも肌触りがいい。鏡に映し出される姿を目にして、自分がした昨夜の行為が思い出される。

用意された料理や服を闇雲《やみくも》にぶちまけてしまった。服はともかく、料理は食べられなくなった物も多い。料理人が時間と愛情を込めて作ってくれたことを考えたら、申し訳なさが募ってくる。

「あの……」

皿を片づける使用人に声をかけると、彼女は驚いた様子で振り返った。

「何か不手際がございましたでしょうか」

昨夜の灯珂の言動を知っているのだろう。おどおどした様子で灯珂の態度を窺《うかが》っている。自分もかつて渡邊の家では、きっと同じような目で家の人間を見ていたのだろう。

「昨夜はすみませんでしたと、料理人の方や高埜さんに、僕が謝っていたと伝えてもらえますか？」

「え、あの……」

「お願いします」

ぺこりと頭を下げると、慌てた様子で使用人は「わかりました」と応じて部屋を出ていった。

もちろん謝ったところで、昨日の自分の言動が消えるわけではない。それでも謝らないではいられなかった。

そんな灯珂の言葉は、すぐに当主である鬼島の耳にも届いたらしい。

昼を前にした時間、部屋にいた灯珂を使用人が呼びに来た。

「見世の外で人がお待ちです。用意をされてすぐに下へ行ってください」

「待ってるって、誰が？」

一瞬浮かんだのは渡邊の父の顔だった。だがすぐに頭を振った。そんなわけがない。万が一にも父が迎えに来るとしたら、金をせびりに来るためだろう。そうでなければ、自分に顔を合わせられるわけがないはずだ。

軽く深呼吸してから、灯珂は鬼島が用意したであろう上着を手に階下へ向かう。そこには高埜がいた。

昨夜の気まずさを思い出して、灯珂が頭を下げようとしたそのとき、高埜が口を開く。

「裏口から出てください。そこでお待ちです」

誰がと言われなかったものの、高埜の口調で想像ができた。その瞬間、灯珂の全身に緊張が走り抜けていく。それから慌てて硝子に映る自分の姿を確認する。髪の乱れはないか。服は変ではないか。首を絞めた鬼島の指の痕は立て襟で隠れている。

鼓動は速くなっているが、会いたくないとは思わなかった。それよりも待たせたくない気持ちのほうが強い。

昨夜の今日で、鬼島を恐れていない自分が不思議だった。もしかしたら、これ以上怒らせて、本当に殺されるのが怖いせいもあったかもしれない。

とにかく急いで裏口へ回ると、木戸の先に羽織姿の鬼島が立っていた。

「すみません。お待たせしました」

息を弾ませながら訴える灯珂の頭に、鬼島の大きな手が伸びてくる。咄嗟に身を竦《すく》めた灯珂の顎《あご》を、指でくっと上げて首に残る、自分がつけた指の痕を確認してきた。

「思っていたより残ったな」

眉間に皺を寄せてから灯珂の顔を凝視する。

「痛むか？」

「い、いえ」

一歩下がって首元を隠すようにすると、「そうか」と鬼島はほんの少し安堵したように応じた。

「それなら行こう」

腕を摑まれ通りまで向かうと、豪華な装飾の施された馬車が待っていた。降りてきた御者が扉を開けた車体に先に乗り込み、向かい側に鬼島が座った。

「あの、どこへ」

「大連《だいれん》の街を案内してやろうと思ってな」

ほどなく走り出した馬車の窓から外を眺めていると、次第に西洋式の建物がいくつも見えてくる。

「わあ……」

露西亜《ロシア》によって建設された街をさらに発展させたのは日本だ。

灯珂が暮らしていた、かつての王朝が発足した街とは、全体的な明るさや活気が異なっている。

見世のある逢坂《おうさか》町からこの街の象徴ともいえる円形広場へ向かっていく。

窓から見える景色の何もかもが美しい。

頰《ほお》を撫でる風からは海の匂いがする。この街に来たときには、海の匂いなど感じる余裕もなかった。冬にも凍らない港の豪華さにも気づかずにいた。

そこから縄で手を繫《つな》がれた状態で訪れた大広場の周辺に立ち並ぶ壮観な建物を見ても、ただ見上げた覚えしかなかった。

「すごい……」

円形広場から放射状に十街区に分けられている。道路は幅広く舗装されている。そんな広場の周辺には、日本の支配と力を誇示する建物が聳《そび》え立っていた。

「降りるか？」

「はい！」

鬼島の提案に、それこそ身を乗り出さんばかりだった灯珂は、一も二もなく従った。

よく手入れされた植栽を眺めつつ、広場の中央まで歩いていって辺りを眺める。

馬車からの眺めとは異なる。

周辺を覆う建物は瀟洒《しょうしゃ》だ。だが同時に、どこかこの広場は人工要塞《ようさい》のようにも思える。

「正面が横浜の銀行。時計回りに同じく銀行、市役所……」

鬼島は灯珂の隣に立って、ひとつひとつ丁寧に建物の説明をしてくれる。

緑青の美しい屋根や煉瓦《れんが》色の建物、どこか日本を感じさせる意匠など、この場にいるだけでいくつもの国を彷徨《さまよ》っているような気持ちになる。

「青泥窪《チンニーワー》」

鬼島の呟きに、灯珂は振り返る。

「露西亜が開発を手がける前の、この辺りの昔の呼び名だ」

「青泥窪……」

「その時代は俺も知らない」

髭の浮かぶ顎を擦《こす》りながら、鬼島は辺りを見回している。

「鬼島さんはいつからこの街にいるんですか」

「お前は今、何歳だ。十八だったか」

「そうです」

灯珂の年齢と何が関係するのかはわからないが応じる。

「だったら十四年だな。俺がこの土地に来た当時は、ここまでの建物は揃っていなかった」

「そうなんですか……」

どこか遠くを見ている鬼島の視線を灯珂も追いかける。

「この広場周辺だけじゃねえな。南側にあるあの南山《なんざん》の麓《ふもと》辺りにある日本人用の住宅地も急速に開発された場所だ。少しずつ確実に、この街も変わりつつある」

十四年前に鬼島はどうしてこの街に来たのか。当時からすでに「鬼」だったのか。眼帯で覆われた目は一体何があったのか。

初めて会ったときとも、自分を抱いたときとも、昨夜首を絞めてきたときとも、今目の前にいる鬼島は違う存在に思える。

気づけば周囲の人たちが鬼島の存在を認識して、遠巻きに眺めひそひそと囁《ささや》いている。

灯珂が気づいているのに、鬼島が気づいていないわけがない。それでもまったく気にする様子も見せず、煙草《たばこ》に火を点《つ》ける。

　見世で見るのとは違う鬼島の端整な横顔を眺めていると、灯珂の中に次から次に質問が湧《わ》き上がってくる。

　どの顔が本当の鬼島なのか。そして鬼島は何を考えているのか。

「どうした？」

　じっと見つめていると、灯珂の視線に気づいたのか鬼島が顔を向けてきた。

「この先に日本人がよく行っている繁華街がある。そこまで歩くか。疲れたのなら馬車に戻るが」

「いえ……」

　できるなら、もっと街を堪能《たんのう》したいと思う。だから一旦否定しながらも、灯珂は唇を噛んで鬼島を見つめる。

「なんだ。腹でも減ったか」

「鬼島さんはいいんですか？」

　声を潜めて確認する。

「俺がなんだ？」

「……いえ、なんでもないです」

灯珂が何を気にしているのか鬼島はまったくわからない様子だった。灯珂が過剰なだけなのかと、かえって申し訳ない気持ちになる。

「行きましょう、繁華街まで」

自分の気持ちを誤魔化《ごまか》すべく、灯珂は鬼島の手を握って引っ張った。

他の人たちがどんな目で見ようと、少なくとも「今」の鬼島は「鬼」ではない。

どういうつもりか灯珂自身よくわかっていないが、自分を街に連れ出し案内してくれている。

「灯珂」

「なんですか」

名前を呼ばれても、灯珂は鬼島を振り返らず大股《おおまた》に歩く。握った手の温《ぬく》もりに羞恥《しゅうち》を覚えても、今さら放す理由も勇気もなかった。だから何を言われても「否」と言うつもりでいた。

それなのに。

「繁華街はそっちじゃねえぞ」

笑いながらの言葉に、灯珂はさすがに足を止める。

何をやっているのか。

勝手に空回りして勝手に勇んで鬼島の手を握ってまでして、一体何をしているのか。

あまりの恥ずかしさに逃げ出したい衝動に駆られて俯《うつむ》いた。そんな灯珂の手を握ったまま、鬼島は煙草を捨てて歩き出す。

「ほら、行くぞ」

一歩前に行って振り返る鬼島が向けてくる笑顔に、灯珂の心臓が突然きゅっと締めつけられる。

「あの」

周囲から見られているのは気のせいではない。

鬼島は灯珂と繋いでいないほうの手を胸元に押し入れたまま飄々《ひょうひょう》とした態度は崩さないが、こんな露骨な視線に気づかないわけがない。

彼らの視線の行先は鬼島だけではない。中国服を身に着けた灯珂にも好奇の視線が向けられている。

鬼が、よりにもよってこの国の人間を連れている。彼らの目に二人の関係はどう見えているのだろう。

「あの……」

「なんだ」

鬼島は灯珂に応じながら足は止めない。

「服、ありがとうございました」

「今回は気に入ったか？」

揶揄《やゆ》するような口調で言われて、灯珂の顔がかっと熱くなった。

「どうして長袍なんですか」

「お前の国の衣装だろう？」

なんの躊躇もなしに応じる鬼島の言葉に、灯珂は立ち止まった。必然的に鬼島も足を止めざるを得ない。

「なんだ？」

右目の眉《まゆ》が上がる。

「貴方は僕の何を知っているんですか」

灯珂は改めて鬼島に問う。

自分自身知らない「何か」をこの男は知っている。問いかけではなく確信。

四歳以前の記憶はなくなっていても、自分が日本人でないことだけは灯珂もわかっていた。

「この街は東方のアカシアの都と呼ばれているのを知っているか」

「……いえ」

「五月になると、中央公園や街路樹の木々が白や桃色の花を一斉につける。それは見事なほどに。それを知っている人々が、こう呼ぶようになったそうだ。実際はアカシアではなく、ニセアカシアという種類だというのが、この街に似合いすぎだろう」

「ニセアカシア……」

胸元に差し入れていた手の甲で、同じ言葉を繰り返す灯珂の頬をそっと撫でてくる。

「優しく甘い香りのする、お前に似た花だ。香りと同じで優しい甘い味がする」

耳元で囁きながら鬼島は灯珂の匂いを嗅《か》いだ。熱い吐息が掠《かす》めた瞬間、灯珂の全身がぶるっと震える。

「食べたことあるんですか」

「もちろん、灯珂なら」

摑んだ腕を引き寄せられ、そのまま唇が重なってくる。

公の場で、人々の視線が自分たちに向けられていようとお構いなしだった。だがそれは鬼島だけの話で、灯珂は人の目が気になる。

慌てて全力で逃れようと両手で鬼島の胸を押し返すものの、圧倒的な力の差でびくともしない。

「ん、ふ……っ、ん、んっ」

この数日ですっかり覚えてしまった舌が灯珂の口腔《こうこう》内を探っていく。そしてその舌に灯珂が応じようとした刹那、乱暴に唇が離れていく。

「相変わらず、優しくて甘い」

思わせぶりににやりと笑われて、灯珂の顔がさらに紅潮する。

「鬼島さん！」

それまで以上に人の視線を浴びていてもまったく気にしない鬼島は、灯珂の手を摑んだまま、鉄道の駅前に広がる商店街へ向かった。


連鎖街と称されるその場所は、日本の百貨店の他、映画館や劇場や公衆浴場まで設けられた一大遊興場でもあった。

店の前を歩いているだけで気持ちが弾んでくる。灯珂にとっては、何もかもが見たことのないもので真新しい。

多分、これまでだったら、何を見ても灰色に感じられていただろう。でも今は違う。極彩色の光景が、まるで雪崩《なだれ》のように灯珂の頭と心に流れ込んでくる。中でも灯珂が心惹《ひ》かれたのは、小さな寄せ木細工のオルゴールの箱だった。

掌《てのひら》に乗る程度のサイズで、演奏されるのはクラシックだった。渡邊の家で姉が持っていたのを初めて見たとき、あまりに美しい音色に驚かされた。

欲しくて、でも絶対手に入らなかったのと同じオルゴールだった。

「欲しいものがあるなら買ってやるぞ」

食い入るように見つめていると、鬼島に声をかけられる。だが灯珂は、両手を顔の前で振った。

「欲しいものなんてないです」

懸命に笑顔を装って否定して、次の店のウィンドウを見て歩く。一区画過ぎてから、鬼島は何かを思い出したように立ち止まる。

「鬼島さん？」

「そこで少しの間、待っていてくれ」

「は、い……」

「いいな。絶対動くんじゃねえぞ。それから俺の行くほうを見るな」

「はい」

念を押されて灯珂は頷く。

元々この街の人だ。何か思い出したことでもあるのだろうと思って、灯珂は言われるままに鬼島には背を向けてウィンドウの中を覗《のぞ》き込んでいた。

それにしても道行く人たちの日本人の多さには驚かされる。かつて住んでいた都市でも日本人は多く目にしていたが、この街とは比べものにならない。

灯珂は日本に行ったことはない。

見知らぬ国も、この街のように明るく活気に溢《あふ》れているのだろうか。鬼島はいつか日本に帰るのだろうかと考えた途端、胸が痛くなった。

日本人なのだから当然のことだ。それなのに。

ふと顔を上げると、目の前の硝子に鬼島の姿が映し出されていた。

先ほどまで灯珂がウィンドウを眺めていた店にいて何かを買ったらしい。

咄嗟に灯珂が振り返ると、鬼島は気づいたらしい。手にしていた袋を体の後ろに隠し、少し照れた様子で空いている方の手を振ってくる。

灯珂も手を振り返そうと思ったとき、一台の馬車が視界の隅から凄《すさ》まじい速さで走ってくるのが見えた。

おまけに御者の姿がない。

見間違えかと思ったが、無人の状態で馬が爆走している。

周囲の人も異変に気づいたときには鬼島のすぐ背後まで迫っていた。

「鬼島さん……っ！」

灯珂は叫ぶのと同時に鬼島のほうへ走り寄ろうとした。しかし恐怖に体が動かない。

ただその場に立ち尽くしていることしかできない灯珂は、咄嗟に両手で顔を覆った。

人々の声に恐る恐る手を退けたとき、鬼島がいた場所に人だかりができていた。そして無人の馬車は、先の壁にぶつかってようやく停止していた。

「……な！」

頭の中が真っ白になって、全身から力が抜け落ちていくような感覚を味わう。

だがぎりぎりで堪えて現実を見つめる。そして、人だかりの中心に倒れている鬼島の姿を認識した。

「鬼島さん……鬼島さん！」

灯珂は鬼島の倒れている場所に走り寄る。人の間を縫ってそこに辿《たど》り着くと、横向きに倒れ込んでいる鬼島の意識はなく、足からは血が流れていた。

刹那、ひやりと冷たいものが背筋を流れる。遠くなりそうな意識の中で、持っていたハンカチをそこにぎゅっと押し当てた。

「……っ」

痛かったのか。それまで閉じられていた目元が動き、瞼が開いた。

「気づきましたか。頭は打っていませんか？」

顔に触れようとした瞬間、その手を鬼島に阻まれる。

「駄目……だ」

額に汗を滲ませ荒い息を吐き出しながら、灯珂の手から逃れる。

「何が駄目なんですか」

灯珂は強い口調で訴えて、無理やり鬼島の腕を摑んだ。

「こんな状況でわけのわからないことを言わないでください。とにかく他に怪我《けが》をしている場所がないか教えて……」

さらに逃れようとする鬼島の頬に手を添えた途端、ドクンと心臓が大きな音を立てて全身が震えた。

鬼島に触れた場所が急激に熱くなって、そこから全身の力が吸い取られていくような感じがする。

初めて鬼島と抱き合ったあの日にも覚えた、全身の血液が逆流するような、すべての体温が吸い取られていくような——言葉にはしにくい。

「……手を、放せっ」

「嫌、だ」

自分から逃れようとする鬼島の腕を、意地でも灯珂は放さなかった。

「駄目だ。このままじゃ、お前のほうが……」

鬼島が何を危惧《きぐ》しているのかはわからなかったが、灯珂の身を案じているのはわかった。

『違うよ。鬼島の旦那が体に触っただけで、相手がバタバタ倒れたって話だ』

最初の夜、見世の女たちから聞いたことが蘇《よみがえ》ってくる。

『そう。それで鬼島の旦那が、人間の生気を吸って生きてるって話なんだよ』

さらに鬼島は言った。

『聞いたんだな。鬼は人の生気を吸って生きていると』

それについて鬼島は肯定も否定もしなかった。しかし彼は灯珂の血液や唾液《だえき》、精液を美味いと言って啜《すす》った。

情交のあと、灯珂は疲れ果てた。指一本動かすことすらできない状態だったが、それが生気を奪われたせいだったのかはわからなかった。灯珂にとって何もかもが初めてで、比較することもできなかったからだ。

でも今はわかる。

触れた場所から「何か」が鬼島に吸い取られているのが。それによって鬼島の顔色が変化していくのが。

「駄目だ。灯珂。離れろ」

そんな鬼島が必死に自分を引き剝がそうとしている姿が、証明している。

「嫌、だ」

口の中が渇いてくる。

「絶対に嫌だ」

灯珂は自分の意志で鬼島に力を与えている。何もない、生きる意味すらわからなかった自分が、今、人に力を分けている。

「灯珂……」

眉間に深い皺を寄せた鬼島の表情に、胸が締めつけられる。

その顔が、幼い記憶の中の「獣」と重なっていく。

今にも死んでしまいそうな手負いの獣。怖かったのに触れた手を離せなかった。震えていた獣が息を吹き返し、熱くなったときの感覚が、全身に蘇ってくる。

「你是誰《ニーシーシュイ》？」

知らずあのときと同じ言葉が零《こぼ》れ落ちる。それを聞いた瞬間、鬼島の目が大きく見開かれる。

何度か瞬《まばた》きを繰り返し、そして唇が言葉を紡ぐ。

「思い出したのか」

何をと問われる前に、灯珂の意識はそこで完全に途切れてしまった。

7

「鬼」――という言葉の定義は難しい。

この街で人々が抱いている認識は「人ならざるもの」もしくは「人を超えた力を持つもの」、「この世ならざるもの」だろう。

鬼島将吾《しょうご》がどうして「鬼」と称されるようになったか。おそらく第一は、その体軀《たいく》からだっただろう。彼の素性を知る者はいない。しかし一目見れば、外国の血が入っているだろうことはその容姿から想像ができた。

さらには好戦的な性格もあったのかもしれない。

この街に来た当初、鬼ならぬ一匹狼《おおかみ》だった。港の用心棒的な仕事を担いながら、確実に力をつけていく中で、鬼島の周辺には人が集まるようになった。そして港に集う荒くれ者たちを中心に取りまとめていく中で、次第に今の立場にのし上がっていったのだと風の噂《うわさ》で聞いた。

やっかみや嫉妬《しっと》もあっただろう。そこに、喧嘩《けんか》した相手が触れただけで倒れたという逸話が混ざったことで、鬼としての印象が強くなっていった。

喧嘩の際の話の真偽のほどはともかくとして、鬼島自身、おそらくそれを良しとしていたに違いない。この街で裏の仕事をしていく上で、「鬼」であると畏怖《いふ》されることは、彼にとってよいことのほうが多かったのだろう。

でも実際に鬼島が鬼なのかと問えば、灯珂は「否」と答える。万が一に彼が本当に人の生気を吸って生きているとしても、鬼島は人間だ。

他の人はどうかわからないが、灯珂の目には人間にしか見えない。


「……気づいたか！」

瞼を開いたと同時に、視界に鬼島の顔が飛び込んできた。

眉間に深い皺を刻んだ心配そうな表情は、どこからどう見ても到底鬼には見えない。自分を心配する、普通の人間の優しく穏やかな顔だ。

灯珂はそんな男の顔に向けて手を伸ばそうとするが、鬼島はさりげなく身を退いて逃れていく。

「ここは……」

「南山にある俺の別宅だ」

さっき聞いた住宅地のことか。

中華風と和風の混在した見世の部屋とは異なり、家具や壁、調度品のすべてが西洋風にまとめられている。濃い茶色が基調になっているせいか、落ち着いた雰囲気が満ちていた。灯珂の寝かされている寝台も心地が良く、たっぷりの綿が体を柔らかく包んでくれる。

「怪我は……」

「心配はない。医者にも見てもらっている」

「それならよかったです」

灯珂はほっと安堵する。

「鬼島さんのほうが怪我をしたのに、倒れてしまって迷惑をかけてすみません。僕はもう大丈夫なので……」

起き上がろうとする灯珂の肩に鬼島は手を添えかけながら、ぎりぎりで躊躇《ためら》うように指先だけを添えて、寝台に押し戻してきた。

「鬼島さん？」

やけに不自然な手の動きに違和感を覚える。

「しばらく、この家で過ごすといい」

「……この家でってどういうことですか？　鬼島さんも一緒ですか？」

「いや」

一言で否定される。

「生活の面倒は百に見させる。先ほど見世に連絡を入れたからほどなくやってくるだろう。しばらくお前ら二人で過ごせ。必要なものがあればなんでも取り寄せる。不自由はさせない」

「どうしてですか」

灯珂は鬼島に確認する。

「見世にいたら迷惑ですか？　僕がいたら何か不都合があるんでしょうか」

「お前が気にすることは何もない。見世よりも人目がない分、こちらの家のほうが過ごしやすいだろう」

「でも、鬼島さんは……」

ここには来ないのだろう。それをどう言えばいいかわからず先の言葉を飲み込んだ灯珂は視線を落とした。

「どうしてそんな顔をする。俺がいないほうが気楽だろう？」

「……っ、せいせいします」

売り言葉に買い言葉。鬼島の言葉に強い口調で返してから、後悔の念が押し寄せてくる。こんなことを言いたいわけではないのに。鬼島がいない場所で過ごさねばならないことに、疑問を覚えるのと同時に、寂しさも覚えているのに、素直に言葉にできない。

おまけに鬼島は自分から言いだしておきながら、灯珂の発言にわずかに瞼を伏せる。

「でもいいんですか。僕は貴方にとって『商品』なのに、お見世に出なくて」

さらに強気に続けると、鬼島は「いや」と否定する。

「奴隷だとか商品だとか言ったのは、そうせざるを得ない表向きの理由があったためだ」

だが実際自分を抱いたのはどういう意味なのか。わけがわからず視線を向けるが、それ以上、鬼島は何も言わなかった。

「表向きの理由？」

そして鬼島が帰宅するのとほぼ入れ替わりにやってきた百は、開口一番で灯珂の体を心配してきた。

「倒れたと聞きましたが、大丈夫ですか？」

「僕はただ貧血で倒れただけで、心配なのは鬼島さんだ」

「私は灯珂様のほうが心配です。まだ無理はされずに休んでいてください」

百は灯珂を無理やりソファに座らせると、熱いお茶を淹《い》れてくれる。

「美味しい」

素直な感想を口にすると、百は安堵した表情を見せる。

「馬車に轢《ひ》かれかけたと聞いたときには、生きた心地がしませんでした」

「心配しすぎだ。それに轢かれそうになったのは鬼島さんであって僕じゃないし」

「いいえ。灯珂様が狙《ねら》われたのだと思います」

百は強い口調で灯珂の言葉を遮った。

「どうして僕が」

そこで灯珂は、百が日本語を話している事実に気づく。

「百、お前……」

「申し訳ございません。灯珂様にもずっと隠しておりました」

百の話す日本語は流暢だ。

「灯珂様は自分が思っているよりも、尊い存在なのです」

「意味がわからない。お前は何を言っているんだ？」

灯珂が笑いながら言うと、百はその場に膝をつき灯珂の足元に頭を下げてきた。

「百……」

次に上げてきた百の表情は、それまでのものとはまったく異なっていた。鋭い視線と真一文字に引き結ばれた口元。纏っていた空気まで変化した。

「貴方様は今は亡き王朝の血を引く存在なのです」

「王朝ってなんの話？」

だが灯珂には伝わらない。

「今現在、王朝の復興を目論《もくろ》み、様々な動きがございます。そのうちのひとつが日本軍と手を組んだものですが、それはただの傀儡《かいらい》に過ぎません。私たちはかつての王朝の民族であり、民族のみの力で王朝を復興させようとする存在です」

百は灯珂に対して淡々とした口調で説明してくる。

「灯珂様のお父様は数代前の皇帝と、その方の最後の側室との間に生まれました。その方と日本人の奥様との間に生まれたのが灯珂様です。本当のお名前は、タオファー様とおっしゃいます」

「タオファー……？」

「桃の華と書きます。今のお名前はトウカという日本語の読みに当てたに過ぎません」

「桃華」

灯珂は改めてその名前を口にする。ほとんどない記憶の中で、灯珂はその名前を覚えていたことを思い出す。

「私は灯珂様のお父様に仕えていた者です」

「両親は、本当に僕が四歳のときに亡くなっているの？」

「そうです」

百に肯定されて全身が震えた。四歳前の記憶がない理由は真実だったのか。

「誰に……殺されたの？」

灯珂の問いに百は悔し気に唇を噛んで首を横に振った。

「灯珂様は幼い頃、ご自分が女性の服を着せられていたことを覚えていますか？」

「ううん……」

服装どころか当時の記憶はない。

「それは、男子であることが知られると、命を狙われる可能性があったからです」

「ということは僕が男だったから、両親は殺されたということ？」

「おそらく」

「そんな……」

「直接手を下した犯人自体はその場で殺されています。ですが彼らに誰が依頼したのか。

ご両親が殺害された理由は様々な要因がございます。そのため残念なことに、明確にはなっていません」

記憶にない両親。でもそんな両親の姿が、百の話でなんとなく見えてくるような気がする。灯珂はぎゅっと唇を噛んだ。

「僕の素性はわかった。でもそれでどうして僕が命を狙われるの？」

「もちろん、邪魔だからです」

直球の物言いに、恐怖ゆえに背筋が震えた。

「先ほどお話ししましたように、我々以外にも王朝復興を望んでいる一派にとって、王位を持っている灯珂様の存在は正直邪魔なのです。だからなかったものにしようと考え、動き出しているのだと思います」

「どうして僕のことを彼らは知っているの？」

「おそらく――ですが、渡邊高《たかし》が裏で動いているのではないかと」

それは渡邊の父の名前だ。

「どうして、あの人が？」

「あんな男、灯珂様の父親でもなんでもありません！」

百の声が大きくなる。

「でも、育ててくれたのは間違いないし」

「あの男が灯珂様を引き取ったのは、金のためです。そして灯珂様が今回あの家を出たのも、金のためです」

「借金の形《かた》にされたというのは知っている」

「そうではありません。渡邊は灯珂様を金のために『売った』のです」

百曰《いわ》く、灯珂の身の上を知った「とある一派」がその身柄を寄越すように言ってきた。それに対して渡邊は「金を払うなら」ということで引き渡したのだと言う。

言われてみれば合点の行くことは多い。

普段は使用人のように扱いながら、特別な客が来たときだけ、『さる方からの預かり者なんですよ』と言って、着飾られた。

もしかしたらあれは、事情を知る人間に対するなんらかの主張だったのかもしれない。

「罪人の形でこの街まで連れてこられたのは、自分たちの立場がばれては困るからです。こちらに来たらなんらかの形で灯珂様の身柄を、自分たちのもとへ連れていくつもりだったようです」

瞬間、あのときの光景が蘇ってくる。

「それが……鬼島さん？」

「わかりませんが、おそらく違います」

あっさり否定されて安堵する。

「私も実は最初はその可能性を否定しきれないでいました。ですが今日のことで、違うと確信いたしました」

「どういうこと？」

「鬼島が敵方の人間であれば、灯珂様の身を案じて居場所を変えるようなことはいたしません」

「……僕の身を案じて？」

「あくまで私見ですが、灯珂様が今回命を狙われたことで、その存在が敵に知られたと考えるのが妥当です。今日は事故を装っていましたが、次はどうなるかわかりません。ですから、敵の目を逸《そ》らすべく、この場所へ移動させたのだと思います。鬼島の見世の人間ではなく、私が遣わされたのも、私が灯珂様の従僕だからというのももちろんですが、おそらく敵の目を欺くためもあるかと」

百の説明を聞きながら、灯珂の中に疑問が生まれてくる。

「どうして鬼島さんは僕にそこまでしてくれるんだろう？」

百の話が事実ならば、まずこの街に来たとき、鬼島は灯珂を救ってくれた。さらに今回の事故だ。どうして己の身を挺してまで、灯珂を助けてくれるのか。

「そこまでは私にもわかりません」

「鬼島さんは、百たちの味方じゃないの？」

「それは絶対にありません」

灯珂の希望的な観測を、百は即座に否定する。

「そう言い切れる理由は？」

少し責めるような口調で尋ねると、百はきゅっと唇を噛んだ。

「それは、ご自身が一番よくご理解されているのではありませんか」

何がとは言わずとも、その言い方で灯珂には百の思っていることがわかった。そして百の言葉で、灯珂自身、鬼島がどういうつもりなのかがまったくわからなくなる。

あの男の意図はどこにあるのか。

「鬼島は得体が知れません。おそらく私の素性も知っている。にもかかわらず、こうして灯珂様の身の回りの世話をさせる。それでいて脅しもかけている。とにかく、不気味すぎます」

百の思惑が正しいとしたら、灯珂が命を狙われていることに気づいている。さらにその理由にも、だ。

どうしてその理由を知っているのか。百の仲間ではないという。だからといって敵側でもない。

彼は、何者なのか。

「――とにかく、灯珂様がこの場にいるのであれば、しばらくは安全は保証されているだろうと思います。色々お疲れかと思いますので今はゆっくりされて、来るべき日に備えてください」

来るべき日がなんなのか、尋ねたい気持ちを灯珂は堪える。百の話を疑っているわけではない。今の話が真実なら、これまでの百の言動が理解できる気がする。

だがすべてを信じられたわけでもない。

あまりにも突飛すぎる話に、頭の中の整理ができていない。

「今は灯珂様は何も考えないでください。すべて私が整えておきますので」


それから二日、灯珂はほとんど寝て過ごした。

この家へ来てすぐは気を張っていたせいか、百とも会話できた。しかしその直後、強烈な睡魔が押し寄せてきて、食事すら摂《と》らずに眠っていたようだ。

その間に鬼島が何度かやってきたらしいが、灯珂はまったく気づいていない。その話を百から聞いて、どうして起こしてくれなかったか責めたものの、起きなかったのは灯珂だった。

だからようやく起きられた三日目は、朝からいつ鬼島が来てもいいように準備していたが、夜になってもやってこなかった。もしかしたら、寝ている間に来るかもしれないと明け方まで待っていたが、気づけば四日目の昼間になっていた。

目覚めたのは、階下から聞こえてくる人の声のせいだった。

南山麓にある鬼島の別宅は二階建ての建築で、灯珂の過ごす部屋には出窓が設置されていた。窓から外を覗くと、自動車が家の前に停まっていた。

「……鬼島さんが来てるのかな」

起きた瞬間は半ばまだ夢の中にいた。だが鬼島が来ているのかと思った瞬間、一気に覚醒した。

「着替えなくちゃ……百？」

声をかけてみるが返事はない。どこかに買い出しに出ているのかもしれない。

夜着のままでは鬼島に対して失礼だし、恥ずかしい。簞笥の中を見て、急いでズボンとシャツに着替えた。

鏡で自分の格好を確認してから、灯珂はできるだけ音を立てないように階段を下りていく。鬼島を驚かせたかったのだ。

「……ということですか」

声は一階にある居間から聞こえてくるようだった。それも鬼島だけがいるわけではないらしい。

客――？　この家に？

灯珂の全身に緊張が走り抜けていく。

この家に来たときの百の話が蘇ってくる。灯珂の安全のために、見世からこの家へ移動したはずだった。しかしこの家のことがばれてしまったのか。

「貴殿がこの家に隠していることはすでに明らかだ」

灯珂の疑問に対する答えが、何者かの言葉で語られる。低音で威圧的な雰囲気が声音からも伝わってくる。それこそ居間の手前の廊下で扉越しに聞いているだけでも、灯珂は逃げ出したい衝動に駆られるほどだ。

「何を隠していると？」

しかし返す鬼島の口調はいつもとなんら変わりない。

地の底から響いたかのように、全身の肌がざわめくような籠った低い声だ。

「あえて私どもの口から言わせるつもりか。貴殿が我々の政策に対立する、かの王朝の血を引く人間を隠している——と」

刹那、灯珂の全身が粟立《あわだ》った。突然に口の渇きを覚え、汗が溢れてくる。こめかみ辺りで強く脈動し、手足が震えてくる。

「なんの話かさっぱりわかりませんな」

こういう緊迫した場面に慣れているのか、何を言われても鬼島の口調は変わらない。

その後もやり取りは続いていたが、灯珂の耳にはもう何も入ってこなかった。

震える自分の体を両手で抱え、背中は壁に預けたまま、動けずにいた。

「——ならば結構。今日の我らの来訪に対する己の態度を、いずれ必ず後悔する日が来るだろう」

強い言葉を残して、客が居間を出る気配が漂ってきた。

灯珂は慌てて身を隠すものの、来客が何者かが気になって仕方がなかった。

極力息を殺しながらそっと顔を覗かせた灯珂は、玄関から出ていく客の背中を確認する。

「……っ」

灯珂は溢れそうになる声を、両手で口を押さえることで必死に堪えた。

百は対抗する組織のことを明確にはしなかった。だが彼らのことだろうことを理解してしまった。

　彼らは灯珂を探しに来たのだ。わかっていて鬼島は追い返した。それが何を意味するのか、わからないほど灯珂は愚かではない。

「灯珂」

　家の前に停まっていた車が去る音がしてから、鬼島に名前を呼ばれる。息を潜めていようとも、灯珂の存在は鬼島に知られていた。

　居間の前の廊下を曲がった場所にしゃがみ込んで動けずにいた灯珂の前に、背の高い男は立った。

「体調はどうだ」

　しかし最初に男の口から発せられたのは、灯珂の体を案じる言葉だった。灯珂が驚きに目を瞠《みは》りながら「大丈夫です」と応じると、鬼島は微かに目尻を下げた。

「それはよかった」

　そっと呟かれる言葉に灯珂は全身を身震いさせる。彼らの言葉で震えたのとまったく違う感情が胸の奥に生まれている。

　この三日、鬼島に会えなかった。その鬼島が見せてくれた穏やかな表情を目にして、これほどまでに嬉しく思っている。

だが嬉しくなればなるほど胸の奥が痛む。

「あの人たちは僕を探しに来たのですか」

震える声で尋ねる。

「――なんの話だ」

しかし鬼島は表情を変えることなく応じる。

「恍《とぼ》けないでください」

灯珂はしかしそこで負けなかった。

「僕がここにいることがあの人たちに知られて、それで引き渡すように言ってきたのではないんですか」

握る拳が震えてしまう。それでも確認せねばならなかった。

「なんの話だ」

鬼島は同じ問いを繰り返す。あくまで誤魔化す気なのか。

「僕の本当の名前は、桃華《タオファー》というそうです」

灯珂は百から聞いた名前を伝える。

「――誰に聞いた」

上がった眉の動きで、鬼島がその名前を知っていただろうことがわかる。

「鬼島さんは知ってるんですね」

その場に正座し直した灯珂は腰を浮かして鬼島の腕を掴もうとした。だが触れるか否かの瞬間、鬼島は灯珂から逃れる。

「なんの話だ」

背を向けてなお誤魔化そうとする。

「お前は俺の買った奴隷で見世の商品だ。それを忘れたのか」

「それは表向きの理由だと言ったのは、他でもない鬼島さんです！」

「……っ」

鬼島は一瞬息を呑《の》むものの、顔色は変えない。

「あれはお前をこの家にいさせるためについた嘘《うそ》だ」

「どうしてそんな嘘をつく必要があったんですか？」

逃れる腕を掴んだ刹那、鬼島の温もりを感じるのと同時に、全身に電流のようなものが走り抜けていく。街で鬼島が倒れた直後に触れたときと同じだ。いつもと何が違うのかと思った直後、灯珂は鬼島の足に気づく。

咄嗟に着物の裾を捲ると、まだ包帯が巻かれていた。

「痛むんですか」

灯珂が尋ねると鬼島は口元に笑みを浮かべる。

「腕を離せ。俺は用がある」

「嫌です」

鬼島の申し出を拒み、強く手を握ると、さらに触れた場所が熱くなった。

「灯珂」

大きな声で名前を呼んだ直後、鬼島は摑まれていた手を思い切り振り払う。その瞬間、灯珂の体は払われて廊下の壁に背中を打ちつける。

「……っ」

「……僕は、この家を出ます」

後頭部をぶつけたためか、軽い眩暈を覚えながらも、灯珂は鬼島に顔を向けた。

「お前、何を言って……」

「あの人たちは僕の居場所を知っている。ということは、鬼島さんに迷惑がかかるということです。だから……百と一緒に逃げます」

「百に何を言われた？」

驚いたように鬼島は灯珂の前までやってきて膝をついた。

「鬼島さんが何も教えてくださらない以上、僕も何も話しませ……っ」

「ふざけるな！」

頭の横の壁を、鬼島は拳で殴ってきた。ミシッという壁が割れただろう音に、灯珂は身を竦める。

「そんな勝手が許されると思っているのか」

顎を摑まれ顔を上向きにされる。

「僕は物じゃありません」

これまでなら、されるがままになっていた。だが灯珂は逃げ出したい衝動と恐怖を懸命に堪えた。

「お前は俺のものだ」

寄せられる唇から逃れて顔を逸らす。だがすぐに顎の向きを変えられ、乱暴に唇を重ねられる。

腕を摑んだときと同じで、強烈な電流のようなものが全身に流れる。

が、すぐに離れていく。

咄嗟に嚙み締めた歯が、鬼島の唇を傷つけたらしい。鬼島が唇を拭《ぬぐ》った手の甲に血が滲んでいた。

「ごめ……ん、んっ」

瞬間的に芽生えた罪悪感に謝ろうとした。しかしその言葉を最後まで紡ぐことはできなかった。

嚙みつくように唇を貪《むさぼ》られ、舌に歯を立てられる。その間に下肢に伸びた手が乱暴にズボンのファスナーを下ろす。

「や……っ」

鬼島が何をしようとしているかわかって、灯珂は膝を立ててその手から逃れようとした。しかし灯珂を知り尽くした鬼島は、その程度の抵抗で諦めるわけがない。布の上から灯珂自身を嬲り、シャツの裾から胸まで手を忍ばせてきた。

「ん、ん……っ」

胸を乱雑に撫でながら、腰を灯珂に押しつけてくる。

「や、だ……鬼島さん……っ」

「駄目だ。お前が誰のものか、はっきりさせておく」

灯珂の足からズボンを引き抜く。膝を大きく左右に開かされた状態で、腰を持って高く掲げられる。

「や……」

壁に押しつけた背中がずるずるとずり落ちて、無防備な下半身を鬼島の前に晒す格好になった。

鬼島に会いたかった。

会えなかった三日間、鬼島が恋しかった。

鬼島はなんのために自分を助けてくれているのか、知りたくてたまらなかった。

鬼島が何者なのか、気にならないと言ったら嘘だ。でも鬼島の正体などどうでもいいと思ってしまうぐらいに、灯珂の中での存在感が大きくなっていた。

自分の鬼島に対する感情がなんなのか、明確にはなっていなかった。でも今度目覚めて鬼島と会えたときには、はっきりするだろうと思っていた。

だからこんな状態で鬼島に抱かれるのは嫌だった。

口で嫌だと言いながら、鬼島に抱かれることに慣れた体は、その瞬間を待って疼《うず》いている。鬼島の眼前に晒された後ろは激しく収縮し、下腹も小刻みに震えながら愛液を溢れさせている。

指で縁を撫でられると痛いぐらいに反応する。

「鬼島さん……っ」

最後の抵抗で名前を呼び男の顔に手を伸ばす。その手を払われた瞬間、指が鬼島の眼帯の紐《ひも》に引っかかる。咄嗟に鬼島が顔を背けるのと同時に、眼帯は外れていた。

「あ」

小さい声を上げたそのとき、猛《たけ》った鬼島のものが灯珂の体の中に進んでくる。鬼島は一瞬瞼を下ろすが、すぐに覚悟を決めたように目を開けた。

常に眼帯で覆われていた目は、傷ついているのだと思っていた。しかし違う。目元に傷はない。ゆっくり開かれていく瞼の下から現れたのは、空のように青い瞳だった。

「……あ」

その青い瞳に、灯珂の顔が映し出されている。

「見たか」

鬼島は自分の目を手で覆いながら灯珂に聞いてくる。

「この目を見て俺の父親は、俺を『鬼子《おにご》』だと言った」

「鬼子？」

「親に似ていない異様な姿で生まれた子を言うらしい。だが俺は違う。俺の母親は露西亜の人間だ。青い目で生まれてもなんら不思議はなかったはずだ。だが父親は自分の子が青い目だったことが我慢ならなかったらしい」

灯珂の体に欲望を激しく打ちつけながら、鬼島は初めて自分の素性を語る。

「どう、して……」

「自分の子じゃないと……言いたかったんじゃねえのか」

眉間に皺を刻み激しく腰を突き上げながら、口元に冷ややかな笑みを浮かべる。

「親父《おやじ》は俺と母親を置いて、一人で母国へ帰国した。ショックのあまり母親は傷心したが、俺のために必死に生きていた。だがそんな母親すらあの男は殺した」

「そん、な……あ、ああ……っ」

どうしてそんなことが起きるのか。灯珂は鬼島に尋ねたかった。だが一際激しくなる鬼島の腰の動きに言葉を紡げなくなる。

バンバンと、肉と肉のぶつかり合う音が廊下の天井に響く。

「あ、や、あ……」

「そこにいるか、百」

猥雑《わいざつ》な音に耳を塞《ふさ》ぎたい衝動に駆られた灯珂は、鬼島の発言に目を見開いた。自分に覆いかぶさるように腰を律動させる鬼島の背後に、二人の情交を茫然《ぼうぜん》と見る百の姿があった。

顔を紅潮させ唇を噛み締めながら、顔を横へ向けつつも視線は灯珂に向けられている。

明らかに、鬼島に犯されている灯珂を責める百の瞳から逃れたかった。だが目を閉じられなかった。

「お前の主人が何をされているかよく見ておくがいい」

鬼島の言葉に、百は全身をびくつかせる。

「百が見ているぞ」

そして今度は灯珂に語りかけてくる。

「どうせなら、俺を銜《くわ》え込んでいるお前の浅ましい場所を見せてやるか？」

「やめてください……」

鬼島にだけ聞こえる声で灯珂は拒む。

「やめろ？　俺のことを引きちぎらんばかりに銜えているのはお前じゃないか」

ぐ、ぐと腰を押しつけてくる。そのたび、灯珂の体が鬼島自身を締めつけているのは事実だった。

「どうしてもやめろと言うなら、先ほどの言葉を返上しろ」

「何、を……」

「この家を出ると言ったことだ」

耳元に口を寄せ、耳朶《じだ》を嚙みながら吐息で囁かれた瞬間、背中に快感が走り抜ける。咄嗟に弓なりに反らすことで、鬼島自身がさらに奥に入ってきた。

「ああ」

「このまま果てるところまで従僕に見せるつもりか？」

「や……」

それは嫌だ。だから首を左右に振った。

「だったら家を出るのはやめるな?」

しかし続く言葉に灯珂は首の動きを止める。

「――そうか。そういうつもりか」

鬼島は灯珂の反応に怒りを堪えられないように、乱暴に腰を突き上げてきた。

「それなら、見せてやれ。百に、お前の達《い》くところを」

鬼島は灯珂の腰を抱えて乱暴に体の向きを変え、百の立っている場所から勃起《ぼっき》した欲望が見えるようにした。

「見る、な」

灯珂は激しい羞恥に両手で自分の顔を覆う。それでも指の間から、じっと鬼島との行為を凝視する百の目が見える。

責めているようにも怒っているようにも悲しんでいるようにも思える瞳に見られながらも、灯珂は鬼島の言葉には従えなかった。

「——百。ここから連れ出してくれ」

一方的に激しく突き上げられ灯珂が欲望を撒《ま》き散らしたあと、鬼島は何も言わず灯珂をその場に放置して家から出ていった。

鬼島に貫かれ露わになった下肢をそのままに、服を直す力もない灯珂は、痺《しび》れる舌をなんとか動かして、足元に崩れ落ちている百に訴えた。

「これ以上、鬼島さんのそばにいたくない。一分でも一秒でも早く、この家から出ていきたい」

灯珂の訴えに、百は無言で頷いた。

8

窓の外から見える夜の空には、月がなかった。新月なのか。そんな夜の闇に紛れるようにして、灯珂の寝室に音もなく百が入ってきた。窓から入ってきた風に混じって、ふわりと甘い香りが漂ってくる。

鬼島に犯されたあと灯珂の願いを聞いた百は、どこかへ出かけていた。いつ戻ってきたのかも知らない。だが百がどういうつもりかは何も言われなくてもすぐにわかる。

「本当によろしいのですか」

百は闇に消えそうな声で灯珂に確認してくる。

「――もちろん」

ほんの少しの間を置いたのは、鬼島に対する未練かもしれない。

だが心は決まっている。

百から自分の過去の話を聞いて、両親と鬼島の姿が重なってしまった。記憶にはないながら、両親がこの世を去ったのは灯珂のせいだったのだ。今また鬼島が命を絶たれたら、灯珂は自分を責めても責め足りないだろう。

だから自ら距離を置くことにした。

鬼島は許さないと言いながら、あのあと灯珂をこの家に置いてどこかへ行ってしまった。まさか家を出ると言ったその日に行動するとは、鬼島は予想していないのかもしれない。もしかしたら、予想していても引き止めるのを諦めたのかもしれない。

鬼島の言葉に従わなかったのは灯珂自身だ。それなのに、鬼島が自分から手を離したことに落胆している。贅沢《ぜいたく》で我儘《わがまま》だ。

出発間際になって、鬼島のことを考えている自分は一体なんだろうか。灯珂は自虐的に苦笑する。

「何がおかしいですか？」

この闇の中でも、灯珂の表情が百にはわかってしまうらしい。

「なんでもない」

灯珂は立ち上がる。

「お荷物は？」

「何もないよ。この身だけだ」

灯珂は何も持っていない。渡邊の家を出たときも、鬼島の見世に行ったときも、この家に来たときも、何ひとつ自分の物は持っていなかった。そして今も変わらない。灯珂の手の中には何もない。

何もいらない。

王朝の血を引いていることも、灯珂にとって邪魔にしかならない。両親を死に追いやり、今また鬼島に迷惑をかけようとしている。自分の存在自体、邪魔なものだったのだ。

生きていることに悦《よころ》びを覚えたのはいつだったか。でも自分など、生きていても意味はない。

「覚悟はできているんですか？」

百の計画に乗るつもりはない。幼い頃の記憶のない灯珂に、国への愛情も執着もない。そんな自分に王朝を復興する力はない。それでも今、鬼島のそばから逃げるために百の手を借りるのが手っ取り早い。

「うん」

「本当に？」

「もちろん」

だから頷く灯珂の表情を眺めていた百は、「嘘だ」と小さな声で言った。

「何を嘘なんて……」

「灯珂様は嘘つきです」

「百？」

明らかにこれまでと様子が違う。灯珂は小さく息を吞む。灯珂の思惑が百に伝わっているためなのか。

「百、僕は……」

「私の知っている灯珂様は、あんな鬼に体を自由にされて恥ずかしい声を上げたりはしません」

指摘されたのは昨夜のことだ。

鬼島との関係について、百は暗に理解していたのだろう。これまでにも散々、鬼島に犯されたあとの灯珂の面倒を見させられる羽目になっている。

それでも、実際の行為を見せられるのは違うのだろう。

改めて指摘されると何も言えなくなってしまう。しかし百とて灯珂が逆らえない状況にあることをわかっているはずだ。

「あれは……」

「だから貴方は灯珂様ではありません」

「え？」

項垂《うなだ》れる灯珂の耳に信じられない言葉が届く。何を言っているのかと思った瞬間、灯珂の首の後ろに鈍い痛みが生まれ、口元に押しつけられた布から甘い香りがした。

微かに覚えのある香り。つい最近この香りを嗅いだ。

「偽者には罰を与えねばなりません。貴方にも、そして偽者を仕立て上げた鬼にも」

「イー、バイ……」

目の前が銀色に光り、全身から力が抜け落ちていく。

阿片だ。

甘い香りの正体を悟ったとき、闇の中で百の口元と濁った瞳の色が浮かび上がった。

完全に意識が遠のいたわけではない。むしろ俯瞰《ふかん》で自分の姿を見ている感じで、自由の効かない体がもどかしい。

「灯珂様、申し訳ありません。ですが貴方が悪いんです」

百は灯珂の体を肩に抱え家を出る。いくら夜中とはいえ、こんな格好で歩くと目立つだろうと思っていると、一区画歩いた先の通りで背後からすっと車が走り寄ってきた。

「ご苦労」

助手席の開いた窓から顔を覗かせてきたのは、背広姿の男だった。

その顔を、灯珂は知っている。昼間、南山麓の鬼島の家に来ていた。

驚くこともなく百はその車の後部座席に灯珂を押し入れ、自分も乗り込んできた。

「本当にその男は我々が捜していた人間なのか？」

車はすぐに走り出し、助手席の男は百に確認してくる。

「間違いなく、王朝の忘れ形見である桃華です」

百は間髪を入れずに応じた。

その名前は百に教えられた名前だ。その名前をどうして言うのか。

「いいのか？　お前たちの希望の星なんだろう？」

「穢《けが》れた存在――は、すでに希望でもなんでもありません」

瞬間、灯珂の胸が軋む。百が何を言っているのか灯珂にはわかる。

「穢れた、とは？」

「上杉《うえすぎ》さんたちは知る必要のないことです」

「そうか」

百があっさり言い放つと、男――上杉もそれ以上は追及してこなかった。

「お前が寝返ってくれたことで、対抗組織を一掃できる。これで我々の計画も順調に進むだろう。とりあえずこれを。残りの褒美はのちほど渡す」

「ありがとうございます」

助手席から伸ばされた手から、差し出された百の手の上に札束が置かれる。

それを恭しく受け取った百は、生あくびをひとつした。

「鬼島には連絡をしたのか？」

前を向いたまま上杉は百に質問する。

「はい。南山麓の家に置いてきた手紙と同じものを、見世のほうに届けました」

「そうか。しかし『それ』で本当に鬼島が釣れるのか？」

「間違いありません」

手の中の札を数えながら百は断言する。

「鬼島の弱点だということは間違いないでしょう。なぜかはわかりませんが、鬼島は『これ』に執着しています」

「不思議な話だな」

ミラーに映し出される助手席の上杉は顎に手をやった。

「あの男に限ってこの国の王朝の復興など興味ないだろうに。どうして『それ』に執着するのか」

「――女です」

下卑た口調で百は応じる。

「女?」

「鬼島の女ですから」

にやりと笑いながらの百の言葉の意味が、少し遅れて伝わったらしい。

「鬼は男色か。娼館を経営しているくせに」

肩を揺らして笑ってから、「なるほど」と続ける。

「お前が穢れた存在と言う理由がわかった。王朝の末裔《まつえい》の上に鬼を魅了する名器なら、味見してみたい衝動に駆られるな」

高らかに上杉が笑った瞬間、百の全身がびくりと震えた。しかしそれに男は気づかないらしい。

「――ところで、キジマ――そちらの『キジマ』氏は、鬼を手に入れたあとはどうするおつもりなんで?」

百の変えた話題に出てきた名前で、灯珂のぼんやりとしていた意識が覚醒する。

そちらの「キジマ」とは誰のことなのか。

「しっ」

しかしすぐに上杉は戒めてくる。

「大丈夫です。灯珂様はまだ意識がありません」

百の言葉で灯珂はぐっと腹に力を入れた。

「それともそちらの計画は、私になど話したくないですか？」

「そういうわけではない。ただ我々も詳しい話は聞かされていない」

灯珂の知る「キジマ」は当然「鬼島将吾」だが、彼らの間で語られる「キジマ」は違う人間のようだった。

「だがそんなことは正直どうでもいい。ただ『キジマ』氏はこの地で行われている我々の計画の上層部に強大な影響力を持つこと。その『キジマ』氏にとって、計画を邪魔する存在は排除すべきであることがわかっていれば、それでまったく問題はない」

「なるほど」

百が頷くのとほぼ同時に、灯珂もとりあえずの状況を理解する。

昨日聞いた百の話では、軍側とは別に王朝の復興を目論んでいるということだった。しかし百は敵方に寝返った。

これによって灯珂を担ぎ上げようとしていた一派の目論見は崩れる。

そして灯珂はさらに鬼島を呼び寄せるための餌《えさ》にされている。

鬼島に迷惑をかけたくなくて家を出た。だが今の話の流れからすると、かえって迷惑をかけることとなる。

すでに鬼島には連絡がいっているという。つまり今ここで灯珂が命を絶ったところで、状況は変わらないのだろう。

自分の浅はかさに自己嫌悪に陥っているうちに、車は目的地に辿り着いたようだ。最初に上杉が車を降り、百はそれに続いた。灯珂はそのまま置いていかれるのかと思うが、反対側の扉が開き、そこに立っていた大男に灯珂の体は無理やり引きずり出される。灯珂は意識を失ったふりを続け、背中に担ぎ上げられた状態で周囲に目を向けた。

微かに感じられる潮の香りに、港に近いほうへ移動したのだろうことがわかる。全体的に西洋風建物が多い。色鮮やかな建物の壁から、露西亜町と呼ばれる辺りだろうことが予想できた。

しかし大通りから逸れて細い路地を進むと、そこがどこかわからなくなった。突き当たりに位置する建物の裏側に向かい、壁の奥にひっそりと佇《たたず》む扉を開けると地下へ続く薄暗い階段が現れた。

薄暗くかび臭いその階段を下りていくと、空気が白く煙って、噎せ返るほどの甘さが漂ってくる。

やがて辿り着いた場所の天井にはアラビア風のランプが下がっている。壁には墨絵や油絵など東西取り交ぜた芸術品が飾られ、その壁に沿って、簡易式ながら色鮮やかな敷物で飾られたいくつもの寝台が置かれていた。

横たわる人間は男女問わずオイルランプの上の長いパイプを吸いながら、だらしなく涎《よだれ》をたらし、定まらない視線を宙に彷徨わせている。

ここは阿片窟《くつ》だ。

その寝台のひとつに寝かされてから、灯珂は驚きの光景を目にする。先に車を降りていた百もまた、阿片を吸っていた。

「鬼が来るまでの間、いくらでも吸うといい」

「ありがとうーございますー」

ソファに腰を下ろした上杉の革靴に当たり前のように唇を寄せる、間延びした喋《しゃべ》りをする百の姿に、灯珂の中にあった疑問が解消されていく。

百はおそらく阿片のため、仲間を裏切り、かつ灯珂を軍に売り渡したのだろう。うっとりとした表情から想像するに、相当の中毒なのだろう。

いつからか。灯珂は考えてみるがわからなかった。常にそばにいたとはいえ、百がつかず離れずの距離を保っていただけのことだ。彼がどこで何をしていたか、灯珂はほとんど認識していない。

灯珂が四歳のときから今の年になるまで、息を殺し、本来の姿を隠して生きることは容易ではないだろう。そこで阿片に一瞬の快楽を求めるようになっても、責められるものではないだろう。

「さて、そろそろ狸《たぬき》寝入りはやめたらどうだ」

上杉はゆっくり椅子《いす》から立ち上がって灯珂の前までやってくる。息を潜め瞼を強く閉じるものの、目覚めていることはすでに気づかれていたらしい。

乱暴に顎を摑まれ顔を上向きにされる。

「ほう、なかなかの面構えじゃないか」

銜え煙草の上杉は灯珂の顔を、どこか爬虫類《はちゅうるい》を思わせるギロリとした目で、あからさまに品定めしてくる。

「さすがは王朝の血を引くと言うべきか」

「僕を使って鬼島さんを呼び寄せてどうするつもりですか」

まさか灯珂が口を開くとは思っていなかったのだろう。上杉は眉を上げ、そのまま表情を変えることなく灯珂の頬を平手打ちしてきた。

「……っ」

その勢いで、灯珂は寝台から落ちそうになった。さらに口の中を切ったらしく、鉄の味が広がった。

「お前は自分の立場がわかっていないようだな」

髪を乱暴に引っ張られて再び顔を上向きにされる。

「貴方たちの言う『キジマ』というのは誰ですか。鬼島将吾とどういう関《かか》わりがあるんですか」

それでも質問を続けると、上杉は口元に笑みを浮かべた。

「大した度胸だ」

摑んだときと同じ乱雑さで髪を放された反動で、後頭部を壁にぶつける。その壁に上杉は腕を突き立て、もう一方の手で背広から手にした匕首《あいくち》の先を顎に添えられる。

鉄の感触にひやりとしたものが背筋に広がっていく。

「残りわずかな命だ。どうしても知りたいと言うのなら教えてやろう。話したところで、どうせお前のような人間が理解できる話ではないだろうがな」

何が楽しいのか、喉の奥でくくと笑う。

「『キジマ』氏は元々は軍の人間だ」

突然に語られる話に、灯珂は全身を強張らせる。

「かつては露西亜を中心に、この地にもいたことがあると聞く。しかし今は現役を退き、貿易商を営みながら、軍、および政府に強い影響力を及ぼす存在だ」

想像以上の大物ということか。

「この国の進出においても、氏の助言が大きい。鬼とは仕事上のつき合いがあると聞いているが、それ以上のことは我々も知らない——が、鬼が氏の血を引くという噂は、我々の間では公然の秘密だ」

全身がびくりと震える。

「鬼島さんの……父親、ということですか」

「さあな。だが氏が露西亜人の女との間に子を儲《もう》けているという事実は、軍にいた人間なら誰でも知っている」

鬼島の父親が、上杉の言う『キジマ』という男。その男の指示で今灯珂の命は風前の灯《ともしび》にある。

この男が来訪した段階で、おそらく鬼島はすべてを理解していたのだろう。だから彼らに話をされても知らないと返したのかもしれない。

「お前、見世で客を取っていたというのは本当か？」

突然の問いに灯珂は目を瞠った。この状態でどうして自分の話になるのか。

「どうして……」

「奴が話していた。鬼島が営んでいる娼館に買われた、と」

上杉は手にしていた匕首で、シャツのボタンを一気に外した。そして露わになった胸元に残る昨日の情事の痕に、下卑た表情を浮かべた。

「鬼の女というのはどうやら事実らしいな」

匕首の切っ先が、灯珂の透き通るように白い肌に赤い細い線を描いていく。

「様々な女たちを骨抜きにした鬼を魅了したその体、味わってみるのもいいな」

上杉は舌嘗《したな》めずりする。

「生きたいか」

そして灯珂に聞いてくる。

「俺を楽しませることができたら口添えしてやってもいい。だからとりあえず足を開け」

「何、を」

抵抗しようとすると、喉元に匕首を押し当てられる。

「否という選択肢はない。今お前の命は俺の掌の上に乗っていることを理解しろ」

口元に笑みを浮かべながら、上杉は灯珂の首筋に舌を押しつけてきた。

生温かい、まるで蛞蝓《なめくじ》が肌を這うような感触に、全身が総毛立った。

「……っ」

咄嗟に上げそうになる声をぎりぎりで堪えるものの、鬼島に慣らされた体はこの程度の愛撫《あいぶ》にも反応しそうになる。上杉はそんな灯珂の変化に気づいていて、嘲笑《ちょうしょう》を浮かべながらズボンのボタンも外す。

「いやらしい体だな。この程度で硬くしているのか」

揶揄するようにそこに手を押しつけられただけで、嫌悪感が広がった。

鬼島に触れられるときとはまったく違う。

初めてのとき、灯珂の全身には電流のようなものが走り抜けた。でもあれは嫌悪感とは違うものだ。肌がざわめき、触れられた場所が熱くなった。

他人との接触に困惑し驚きながら、心の底から湧き上がる不思議な喜びに似た感覚が生まれた。

でも今は違う。

背筋を這い上がる感覚は嫌悪だ。それ以外のものはない。

ざらついた舌の感触も、男から漂う独特の体臭も吸っていた煙草の匂いもすべて、灯珂の中に強烈な反感を生み出していく。

それでも強く拒めないのは、自分が抵抗することで、鬼島にどんな影響が出るかわからないからだ。

正直、自分の命などどうでもいい。灯珂が気にしているのは鬼島のことだけだ。

百の話によれば、鬼島はほどなくここにやってくるのだろう。上杉の言う「キジマ」が本当に鬼島の父親だとして、彼らはどうするのだろう。

灯珂の存在を隠した鬼島は、彼らに逆らったということになる。灯珂を餌に鬼島は何を要求されるのか。

鬼島を危険な目に晒すのは灯珂だ。でも同時に守れるのも自分だけだ。

灯珂は込み上げる感情をぐっと堪え、下肢に上杉が触れようとしたとき、瞼を閉じた。

しかし――。

「ぐあっ」

鈍い音とともに上杉の呻《うめ》き声が聞こえ、灯珂に触れていた手がなくなる。何が起きたのかと目を開けると、上杉は頭を抱えその場に蹲《うずくま》っていた。

「何が……」

起きているのかは上杉の背後に立つ百の存在で理解する。両手で持っている木製の椅子を、上杉の頭に叩きつけたらしい。

「畜生……っ」

顔を上げた上杉の額に血が滲んでいた。

「灯珂様に汚い手で触れるな」

さらなる攻撃をすべく百が椅子を担ぎ上げた。だがその椅子が上杉の頭を殴ることはなかった。

振り返った上杉は立ち上がり様、百の喉元を手にしていた匕首で切り裂いていたのだ。

百はおそらく、己の身に何が起きたのか理解できなかったのだろう。椅子を掲げたまましばし茫然と立ち尽くしていたが、次の瞬間、周囲に飛び散る血液とともに、その場に崩れ落ちていった。

「ぐ、わ……」

苦し気な声とともに自分の溢れさせた血だまりの中に、百は仰向けに倒れた。

「う、そ……」

その様子を眺めていた灯珂は両手で口を覆う。どんどん広がっていく血の海に全身が震える。

「百……」

百は目を見開き、指先をビクビク震わせている。灯珂の目からは涙が溢れ出してくる。

灯珂を裏切ったのは百だ。でも今、灯珂を助けようとして刺されたのだ。

「ただのスパイが、何を考えているんだか」

叩かれた頭を手で押さえながら、上杉は吐き捨てるように言って灯珂を振り返る。

「百を……殺した……」

「何を今さら。この男だってこれまで何人の命を奪ってきたか。ゴミを排除して何が悪い」

匕首を握った上杉の手は百の血で濡《ぬ》れていた。その手で灯珂の頬に触れる。滑《ぬめ》った感覚と濃厚な血の匂いに、激しい嘔吐《おうと》感が込み上げる。

「あのゴミのようになりたくなければ、俺に従え」

そのまま後頭部に手を置かれ、ぐっと頭を下げさせられる。視線を上げると、上杉はズボンのファスナーを下ろし、引きずり出した己のものを灯珂の鼻先に押しつけてきた。

「嘗めろ。歯を立てたらその瞬間で、お前の首を切ってやる」

頬に匕首を添えられた状態で、灯珂は恐る恐る口を開く。そして舌を伸ばそうとすると、視線の先に仰向けに倒れた百の顔が見えた。今にも息絶えようとしている男の視線が、灯珂の顔を見てから違うほうへ向けられる。何を見ているのだろうかと思ったそのとき――。

「うわああ」

叫び声とともに男が階段から転がり落ちてきた。

「――なんだ？」

怪訝《けげん》な様子で振り返った上杉とともに、灯珂もそちらに顔を向け、何が起きたのかを知る。

裾をはだけながら羽織姿の、髪を振り乱した鬼島が立っていた。周辺にはおそらく用心棒として雇われていただろう男たちが、何人も倒れていた。中には灯珂をここまで運んできた男もいる。

「やっとお出ましか」

上杉は驚いたふうも見せず、簡単に身づくろいをして振り返ると、灯珂の髪を乱暴に摑んで前に引きずり出してきた。

「痛……っ」

「さすがは、鬼と呼ばれる男だな。だがそれもここまでだ。この男を取り返したければ、我々への服従を誓え」

何に対するかも説明なしの横暴な上杉の言葉が、鬼島に届いていたかは知らない。

「灯珂を離せ」

「だから言っただろう。お前が言うことに従えば……」

「死にたくなければ灯珂を今すぐ離せ！」

上杉の言葉を遮る低い声は、聞いているだけで全身が震えた。それだけではない。周囲の空気が揺れた。その証拠に、寝台に横たわって阿片を吸っていた人々の目が恐怖に揺れている。

空気が足りなくなるような圧迫感に、動悸《どうき》が激しくなり脈動が強くなった。灯珂だけではないだろう。上杉の顔からも汗が噴き出している。

「死ぬのはお前だ」

しかしそれなりの修羅場を潜《くぐ》り抜けてきているのか、上杉は怯《ひる》まなかった。一方の手に握った匕首を灯珂から離すことなく、もう一方の手を背広の胸元に忍ばせた。

取り出した拳銃が弾を放つのと、鬼島が上杉に飛びかかってきたのはほぼ同時だ。銃弾は鬼島の肩先を掠めた。鬼島は伸ばした手で灯珂に添えられた匕首を払い、そのまま床に押しつけた上杉の上に跨《また》がって首に手をかけた。

「何を、する……ぐ、ううっ」

寝台から転がり落ちた灯珂は、軽く打った肩を押さえながら鬼島に視線を向けた。

「俺に用があるなら俺に直接言え。関係ない灯珂にまで手をかける必要がどこにある」

「お前、が、従わないから、だろうが……ううっ」

見る見る上杉の顔色から血の気が引いていく。

灯珂には上杉の身に何が起きているかよくわかった。

ただ首を絞められているのではない。鬼島の掌の触れた箇所が火傷《やけど》したように熱くなって、全身から力が抜けていくような感じがしているのだろう。

次第に意識が朦朧《もうろう》として目の前が銀色に光り出す。そして——。

「やめてください！」

灯珂は叫ぶのと同時に、鬼島の背中に抱きついた。

「放せ、灯珂。お前には関係ない」

「関係なくありません。僕のせいで貴方はここに来る羽目になったんです」

灯珂は大きな背中に頬を添え、銃弾の掠めた肩口にそっと手を置いた。負傷しているのだろう。瞬間、鬼島の全身が震えた。

「もう十分です。だから……だからその人から手を離してください」

「自分を危ない目に遭わせた男を、お前は許すのか」

「許しません。でも……でも、この人は、貴方が自分の手を汚さなければならないような相手ではありません！」

灯珂の言葉に鬼島は振り返る。

「灯珂」

その言葉で鬼島は上杉の首を絞めていた指の力を緩める。そこにはくっきりと指の痕が残っている。上杉は大きく息を吸ったあと、意識を失ったように頭を横へ向けた。

「……上杉さんっ」

「心配するな。気絶しただけだ」

鬼島の言葉に灯珂はほっと安堵の息を漏らす。そんな灯珂に鬼島は向き直る。

「体は大丈夫か。傷は……」

「僕は平気です」

手の甲でそっと灯珂に触れてくる。灯珂はその手に自分の手を添えてから鬼島の肩にもう一方の手を伸ばそうとした。

その意図に気づいたのか鬼島は身を退こうとする。だが灯珂は怯まなかった。強引に自分から鬼島の首に両腕を回して抱きついた。

「お前、何を……」

「僕の……気を吸ってください」

「灯珂……」

鬼島が大きく息を吸ったのがわかる。灯珂はその反応を全身で感じながらさらに腕に力を込める。

「小さい頃、当時暮らしていた家の庭に、傷ついた獣が紛れ込んできたことがありました。ひどく苦し気で、このまま死んでしまうのかもしれないと思った。でも僕が触れたことでその獣は息を吹き返したんです」

続ける言葉でさらに鬼島は全身を震わせる。

「でもそのあと僕は眠ってしまったらしくて、翌日にまた同じ場所に行ったけど、獣はいなかったんです。一緒にいた百に話したら、きっと元気になってどこかに行ったんだろうと言われました。そしていつかお礼をしに来てくれると言われたのを、心待ちにしていたんです」

灯珂は鼻先を鬼島の首筋に押しつける。他の記憶はすべて失っているのに、自分の本当の名前とこのことだけは忘れなかった。

「あの獣は……鬼島さんだったんですね」

灯珂が最後まで言うと、鬼島はゆっくり自分にしがみついている体を引き剝がしてきた。

「思い出したのか？」

驚きに見開かれた目に灯珂の顔が映し出されている。灯珂はゆっくり首を左右に振る。

「思い出したわけじゃないです……でも、わかったんです」

鬼島があの獣だったのなら、これまでのことに説明がつく。

自分の何がこの男の命を救ったのかはわからない。でもなんらかの力を与えたのだろう。

鬼島が「生気」を吸っているのも、おそらく真実なのだろう。

「怖くないのか？」

鬼島は躊躇いがちに、灯珂との間に距離を置こうとする。でも灯珂は摑んだ鬼島の両手を離さない。

「どうして？　貴方は僕を何度も助けてくれているのに」

握った掌から熱いものが鬼島に流れていくのが感覚として伝わってくる。

「灯珂。手を……」

「僕が触れていることで貴方が元気になれるなら、たくさん触れてください」

灯珂はぐっと腹に力を入れて鬼島を見つめる。

「貴方が極端に僕を避けるのは、体に傷がついているときだ。足に怪我したとき、僕に会わずにいたのもそのためでしょう？」

漠然と感じていた。

普段鬼島に触れていても、電気が走ったような感覚が生まれることはあっても、こんなふうに力が吸い取られることはない。おそらく「何か」が満たされているとき、鬼島は自分の意志で制御できるのだろう。

でも大きな傷があると無意識に吸ってしまうのだろう。

「他の人の生気を吸うぐらいなら、僕のものを吸ってください」

灯珂の訴えに鬼島は眉を下げる。

「お前の味を知ったら、他の人間の生気など不味《まず》くて吸えたものじゃない」

諦めたのか、鬼島は正直な言葉を口にする。

「お前の気は特別だ。名前のせいもあるかもしれない。桃みたいに甘く尊い。多分、王朝の血が、俺みたいな人間にとっては、最高のご馳走《ちそう》なんだろう」

「桃――」

春先に花を咲かせ、長寿の象徴ともされる桃には、古くから魔よけの力があると言われている。そんな桃のような甘さが、ある意味「魔」のような鬼島にとってはご馳走となるこの不条理。

「お前に会ったとき、俺は暴漢に襲われて死の淵《ふち》にあった。それまでにも相当悪いことしてきたから、罰が当たったんだろうと思っていた。だがお前に会ってその鋭気をもらった直後、不思議なことに生き返っただけでなく、不死に近い体を得た」

「え」

それは鬼島が今の鬼島になったのは、灯珂のせいだったということか。

「それまでも鬼子と忌み嫌われ、自ら鬼のように振る舞ってきた。だが実際に鬼になったのはあのときからだ」

灯珂は茫然とする。

「お前がそんな顔をすることはない。俺はお前に感謝している。心から。そしてお前に何かあったときには、必ずお前を助けると誓った」

自分の腕を摑んでいた灯珂の手に、鬼島はそっと唇を押しつけてきた。触れられた場所が、熱く疼いた。

「だからお前の両親が殺されたと聞いて、血眼になってお前の行方を探した。そして渡邊の家にいることを突き止めたが、なかなか手出しができない状況になっていた。俺はこの街で力を蓄え、その間にもお前の状況を注視していた。そしてお前を助け出す機会を見計らっていたんだ」

「じゃあ、もしかして……」

「渡邊商店の借金の話は俺が仕組んだ。百の動きもあのときから注視していた」

鬼島の口から発せられたその名前を聞いて、灯珂は小さく息を吞んだ。高埜と鬼島の話も思い出す。きっと高埜は鬼島の正体も、そして灯珂のことも知っているのだろう。

灯珂は鬼島から離れ、息絶えた男の頭の横に膝をついた。

見開かれたままの目元をそっと手で覆い、両手を顔の前で合わせた。

「百はずっと……僕を守っていてくれました」

「知っている。この男がおかしくなったのは、阿片のせいだ」

灯珂は鬼島を振り返る。

「その阿片を与えたのが、おそらく俺の父親だ」

「『キジマ』さん、ですか」

灯珂が尋ねると鬼島は肩を竦めた。

「俺の目が蒼《あお》いのは、母親が露西亜人のせいだ。そんな俺と、俺を生んだ露西亜人の母親を捨てただけでなく、邪魔になった俺たちを亡き者にしようとしたことのある男だ。人の命を人とも思わない最低な人間が、この街を裏で支配しようとしている」

「どうするんですか」

「殺してやるつもりでいたが、さっきのお前の言葉を聞いてどうでもいいと思えてきた」

「僕の言葉？」

「俺が手を汚すような相手じゃない」

頷く灯珂の手を、鬼島は自分から摑んできた。

「俺はこんな男だ。人間とも言えないかもしれない。だがそんな俺にも大切なものがある。お前だ」

そして指先に口づけてくる。

「僕は生まれてからずっと生きることに絶望していました。僕がいたから両親は殺され、今、百も死んでしまった。僕は周りの人を不幸にする存在かもしれない。それでも僕は……鬼島さんのそばにいたいです」

灯珂の体を、鬼島は痛いほどに抱きしめてくる。

「俺と生きたところでろくな人生は送れないかもしれない。この街にいる限り、お前の人生は安穏としたものじゃないかもしれない。それがわかっていても、俺の素性を知ってなお逃げないお前を、俺は離すことができない」

「離さないでください」

頬に押しつけられた鬼島の胸から、強い鼓動が伝わってくる。

「僕はずっと貴方のそばにいます。だから、鬼島さんも僕のそばにいてください」

灯珂の願いを叶《かな》えるべく、鬼島は貪るような口づけをしてきた。

エピローグ

自分の命はここで尽きるのだろう。どこかの屋敷の庭に逃れた鬼島将吾はこれまで、自分は不死だと信じて疑わなかった。多少の怪我ぐらいは気にしなかったし、負傷すること自体滅多になかった。

この先も同じように生きていけると信じていた。

片方の目の蒼さゆえに「鬼子」と忌み嫌われ、父親に殺されそうになった自分だ。今さら命は惜しくない。

唯一の未練は、父親に復讐できなかったことだ。いつか地獄で会ったときには、文句のひとつも言ってやろうと思っていた。

そんなとき、木々の葉が揺れた。敵がやってきたのかと思って覚悟した瞬間、俺の前に来たのは中華風の衣装に身を包んだ少女だった。いや、少年？　いずれにせよ、幼い子どもは俺を見て驚きながらも、恐る恐る声をかけてきた。

「你是誰《ニーシーシュイ》？」

そして小さな手が俺に触れた瞬間、全身に強烈な震えが走って呻き声を上げてしまった。

何が起きたのか俺自身わからなかった。だがまさに虫の息だったのに、腹の底から力が湧き上がってくるのを感じた。

「放開我《ファンカイウォー》」

戸惑いながら訴えられても、俺は摑んだ腕を離せなかった。

濃厚で甘美な甘さに、俺は酔っていた。

「……少しだけでいい。こうしていてくれ……」

俺の言葉が理解できたのかわからない。幼い子は目いっぱいの笑みを浮かべたあと、意識を失った。

「なんだ、お前は。もう駄目だと思っていた。だがお前に触っていたら力が湧いてきた。と言っても、お前には理解できないんだろうがな」

幼い温もりを目いっぱい抱きしめた。

桃源郷の夢

桃源郷とは、俗世を離れた世界を意味するとされる。絶世の地であり、命の象徴とされる仙人の桃が生《な》るとされる地は、生きとし生ける者の憧《あこが》れの場所ともされる。

「俺にとっては、お前のいる場所こそが桃源郷だ」

灯珂《とうか》の体奥深い場所にまで猛《たけ》った欲望を埋め込んだ鬼島《きじま》は、恍惚《こうこつ》とした表情で語る。

「甘美な香りを放つお前の肌に触れ蕩《とろ》けそうな汗を啜《すす》り、熱くたぎった体の内側を味わえる。そそりたった欲望から溢《あふ》れる蜜《みつ》は極上の味わいで、それこそこのまま死んでもいいと思わされる」

「あ、あ」

内壁を擦《こす》られながら喋《しゃべ》られると、小刻みな振動が鬼島自身から灯珂の中に伝わってくる。強い摩擦とは異なる、細胞のひとつひとつに染みるような振動は、堪《こら》えようとしても堪え切れない悦楽を生む。

鬼島の欲望は、鬼島自身と同じく猛々しく熱く硬い。自在に灯珂の中を抉《えぐ》り溶かし己に纏《まと》わりつかせていく。

「こうしているとお前がいやらしく俺を締めつけてくる。それが気持ち良くてずっとこのままでいたい」

「そんなこと、言わないで」

頭の中まで鬼島に犯されているような気持ちになってくる。

「僕だって同じだから」

込み上げる気持ちを言葉にした刹那《せつな》、体内の鬼島がさらに硬度を増した。目いっぱい広がって欲望を銜《くわ》えた灯珂の体は、これ以上ないほど熱くなり、内側から溶け始める。

「灯珂」

熱い息とともに吐き出される名前に心が震え体が震える。

「もっと強く抱きしめてください」

ありったけの想いを言葉にした瞬間、鬼島の腰の動きが止まる。体内で膨れ上がっていた欲望が解き放たれ、細胞に染み込んでいくような気がする。

自分と鬼島がひとつに溶け合うようなこの感覚が、灯珂は何よりも愛《いと》しかった。


情事を終えたあと、しばらく動けなくなる灯珂の体の汚れを鬼島が拭《ぬぐ》ってくれるのは、二人の間では決まりごとのようになっていた。

灯珂の気を栄養にする鬼島だが、体液を摂取することでもほぼ同じ効果があるらしい。

しかし同時に灯珂の体内に鬼島が体液を吐き出すことで、一度失ったものが灯珂の中で補充されるのだという。

鬼島は常に他人から生気を奪うわけではないらしい。

気力体力が充実しているときは、意図的に摂取しないようにすることが可能らしい。普通の食事からもある程度の力は得られる。しかしその代わりというか、大きな傷を負ったときや理性が失われているとき、たとえば情事の最中や酒に酔っているときは、際限なく相手の気を奪ってしまうことがあるそうだ。

無敵なのかと思っていたが、人の世に生きるには何かと面倒らしい。

さらに誰《だれ》の気でもいいのではないという。特に灯珂の味を知ってからは、他の人の気が不味《まず》くて仕方なかったそうだ。

「だから久しぶりにお前の気を味わったときには、理性がまったく働かなかった」

「今だってそうじゃないんですか？」

灯珂が悪戯《いたずら》っぽく笑うと、鬼島は肩を竦《すく》めてから目を細める。

「笑えるようになったたな」

優しく頬《ほお》を撫《な》でながら紡がれる言葉に、灯珂ははっとさせられる。

百《イーバイ》がこの世を去ったあの日から、そろそろ一か月が経とうとしている。

あの日以降、上杉《うえすぎ》や鬼島の父親からの働きかけは何もない。とはいえ確実にこの街を始めとする場所を支配に置こうと、彼らが動き始めていることは紛れもなかった。

鬼島は何か考えているかもしれない。それでも表向き、二人の上には再会した頃と変わらない静かな時間が過ぎている。

「ちょっと待っていろ」

鬼島は灯珂の体を拭い終えて夜着がわりの浴衣《ゆかた》を肩から羽織らせてくれてから、寝室を出ていった。なんだろうかと思いながら待っていると数分で戻ってきた鬼島の手には、小さな袋があった。

そして灯珂のいる寝台に腰を下ろすと、手の上にその箱を置いた。

「なんですか？」

「開けてみろ」

言われるままに袋の口を開けると、中には小さな箱が入っていた。なんだろうかと思いながら袋の中から箱を取り出した。

「オルゴール……」

寄せ木細工の掌《てのひら》に乗るぐらいの大きさのもの。鬼島とともに連鎖街に行ったとき、灯珂が心惹《ひ》かれたものだ。

あのとき鬼島に、気に入ったものがあるのなら買ってやると言われた。だが灯珂は遠慮した。欲しい気持ちはあっても、何かを人に買ってもらえる立場にないと思っていた。

そして思い出す。あのとき、鬼島が自分のもとを離れたことを。

『そこで少しの間、待っていてくれ』

さらに続けて言った。

『いいな。絶対動くんじゃねえぞ。それから俺の行くほうを見るな』

どこへ行くのか、あのときの灯珂にはまったくわからなかった。眺めていたウィンドウに映り込む鬼島の姿を見て、何か買い物をしたのは知っていた。

「これ……」

「馬車に轢《ひ》かれかけた際に地面に叩《たた》きつけられて音が出なくなっていた」

「え」

灯珂は驚きに声を上げる。

「同じものを探したがもうないと言われてな……なんとか修理してもらっていたら、こんなにも時間がかかってしまった」

鬼島は苦笑しながら顎《あご》を擦る。灯珂と二人だけの場所では、眼帯を外すようになっていた。鬼島自身、灯珂の顔を両方の目で見たいと望んでくれたから。さらに灯珂が、鬼島のすべてを見たいと望んだから。

「鬼島さん……」

「名前で呼んでくれ」

灯珂の伸ばした手を摑《つか》んで、掌に口づけながら訴えてくる。

「元々は『木島』という名前だったが、気づけば『鬼』の『鬼島』と呼ばれるようになった。俺にとっては偽りの名前だ」

父親の名前が『キジマ』だということは知っていた。改めて告げられる真実に灯珂の胸が締めつけられる。

「将吾《しょうご》さん……では僕のことも、二人だけの場所では、本当の名前である桃華《タオファー》と呼んでくれませんか?」

「タオファー」

灯珂の髪を優しく撫でながら鬼島がその名前を紡ぐと、それだけで全身が震えるほどの悦《よろこ》びを覚えた。

「将吾さん。オルゴール、ありがとうございます」

灯珂は改めて手の中にある箱を愛し気に見つめた。

このオルゴールを買った直後、馬車で轢かれかけた。二人が今こうして一緒にいられることの証《あかし》にも思えてきた。

蓋《ふた》を開けると、あのとき聞いた音楽が流れてくる。

「将吾さん」

「なんだ、桃華」

優しく応じる男の胸に、そっと頭を預ける。

「僕は……幸せです」

呟《つぶや》く灯珂の肩を鬼島は優しく抱きしめてくれる。

「俺もだ。俺にとってお前のいる場所こそが、桃源郷なのだから」

繰り返される言葉に、灯珂はそっと目を閉じた。

あとがき

事前に今回の単行本の内容をお話ししていたとき、担当様がおっしゃったのは「ダークファンタジーで」とのこと。「ファンタジー？」と驚きながら、紆余曲折あって今回のお話となりました。

これが果たして「ダークファンタジー」であるか否かは別にして、個人的には悩みながら頑張りました。

数年前に大連と瀋陽に行きました。

冬だったので、瀋陽はマイナス20度にまで冷えると脅されていましたが、なんとかマイナス10度までで済みました。寒いと耳が痛くなるというのを初めて経験しました。

旅順も車で観光しましたが、車内からでも写真撮影が禁止されている場所も多かったです。

二百三高地には特別な空気が流れていました。

時期的なこともあったと思いますがとにかく観光客自体少なく、私と友人のような年齢の組み合わせは珍しかったようで、瀋陽のガイドさんに驚かれたのをよく覚えています。

大連では、餃子コースなるものをいただきました。何品も餃子料理が出たのですが、全部調理法が違っているんです。美味しかったですが、途中で満腹になってしまい、食べきれなかったのが残念です。中華料理は大勢でいただくのがいいですね。

残念ながら作品の中で料理の話を書けませんでしたが、「今」の時代の話だったら、間違いなく登場人物が餃子をたらふく食べていたことでしょう。


今回も、担当様、挿絵の小山田あみ様には、ご迷惑をおかけしてしまいました。

小山田あみ様。久しぶりにお仕事ご一緒させていただきましたのに、本当に申し訳ありません。それからありがとうございました。担当様も、色々ありがとうございました。

最後に、この本をお手に取ってくださった皆様へ。少しでも楽しんでいただけたのであれば嬉しいです。

また次の本でお会いできますように。

ふゆの仁子

本作品は書き下ろしです。

ラルーナ文庫

この本を読んでのご意見・ご感想・ファンレターなどお待ちしております。〒111−0036 東京都台東区松が谷1−4−6−303 株式会社シーラボ「ラルーナ文庫編集部」気付でお送りください。

桃源郷《とうげんきょう》の鬼《おに》

2016年12月7日 第1刷発行

著　　者｜ふゆの 仁子《じんこ》

装丁・DTP｜萩原 七唱

発 行 人｜曺 仁警

発 行 所｜株式会社 シーラボ
〒111−0036 東京都台東区松が谷 1−4−6−303
電話 03−5830−3474／FAX 03−5830−3574
http://lalunabunko.com

発　　売｜株式会社 三交社
〒110-0016 東京都台東区台東 4−20−9 大仙柴田ビル 2 階
電話 03−5826−4424／FAX 03−5826−4425

印刷・製本｜シナノ書籍印刷株式会社

 ISBN978-4-87919-979-9